公式ノベル

コーヒープリンス1号店

COFFEE PRINCE

上

イ・ソンミ＝著　尹京蘭＝訳

ブックマン社

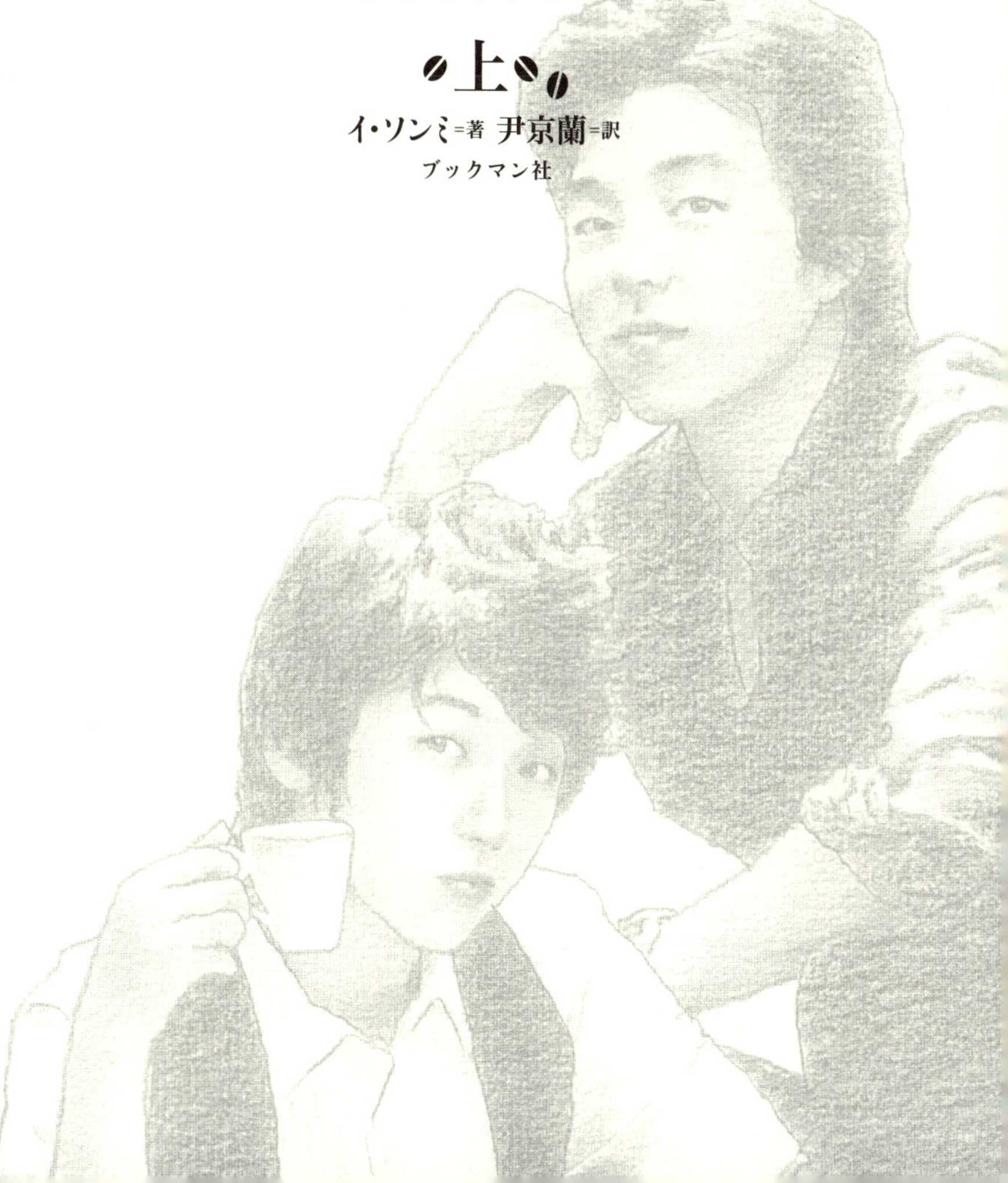

目次

本書は、韓国ＭＢＣのドラマ『コーヒープリンス1号店』の原作本を翻訳出版したものです。

ＴＶドラマとは設定、内容が異なるところがあります。

PROLOGUE

プロローグ

Latte art * leaf & heart

キキーッ。

店の前にシルバーの外車が1台、音を立てて急停止した。店のドアを開けて店内を掃除していたホン社長は、モップがけをしていた手を止めた。車からはベージュの革ジャンを着た見知らぬ男が降りてきた。

「格好だけは一人前だな」

店を観察しているような男の鋭い視線に、ホン社長は一瞬たじろいだ。

店に掲げられた古い看板。プラスティックの造花を飾った窓。それらを品定めするような視線で眺めてから、男は呆れたように首を振った。

「なんだよ。ダサい店だとでも言いたいのかよ」

ホン社長は、小さな目に精一杯の力をこめて男を睨みつけた。だが、少しも怖くは見えない。年を取ったせいでたるんだ上まぶたは、まるでハッシュパピーのようだ。

「不愉快なヤツだ。うろうろしないで、さっさと帰れよ。お前なんかに俺のコーヒーを飲ませてたまるか」

ホン社長の呟きが聞こえたのか、男は、またまた呆れたような表情で首を振った。こんな店でコーヒーを飲むぐらいなら、バス停で自動販売機の缶コーヒーを飲んだほうがマシだというように。そんな表情のまま、男は入り口のドアに貼ってあるクシャクシャの求人広告にチラッと目をやると、黙って店に入ってきた。

アルバイトでもしたいのか？　ムリだな。もっと若くなきゃダメだ。

ま、眩しい…。

「まだ、営業前です」と言いかけたホン社長は、突然の閃光に目を細めた。背後から降り注ぐ朝陽のせいなのか、男の体に後光が射しているように見えたのだ。眩しくて男をまっすぐに見ることもできない。言葉を発するタイミングを逃した一瞬のうちに、男はすでに窓辺のテーブルを占拠していた。

「コーヒーを」

「あ、はい」

反射的にそう答えてしまってから、ホン社長は苦々しい顔で厨房に入った。

壁に掛けたハト時計からのんきなメロディとともにハトが飛び出した。午前11時である。もはや営業前だと追い返すわけにもいかない。男がさっき見ていた求人広告には、〈11時開店〉と大きく書いてあったのだから。

よくよく見ると、男はこの辺では珍しいほどファッショナブルなイケメンだ。

背は高く、ギリシア彫刻のように彫りの深い顔、年齢は27、28歳ぐらいだろうか。驚くほど長い脚を組み、窓の外を眺めている。端正な顔の割には遊び人風の風貌である。スカーフでも作るような薄い生地のスリムパンツに、体にはりつくほど窮屈そうな革のジャケット。それにしても細いズボンだ。あそこに脚が入るなんて異常だ。男のくせに華奢すぎる。

彼とは対照的な中年太りの体を揺らしながら、ホン社長は男の前にコーヒーカップを置いた。

「どうぞ、ごゆっくり」

声をかけたのに、男は無反応。近づくとかすかに香水のにおいがした。

「男のくせに…」

顔をしかめたホン社長は、突然、男の視線を感じて戸惑った。慌てて笑顔を作ったが、男は彼の笑顔には目もくれず、厨房の壁や床などを隅々まで、またもや品定めするかのように見回している。

ここはブタ小屋か？　それとも馬小屋か？　…そんなふてぶてしさに満ちた表情である。

貴様などには関係ない。ジロジロ見るな。客なら客らしくコーヒーだけ飲んで帰りゃいいものを。なんだ？　今度は俺を見てるじゃないか。そんなに俺がいい男かね？

そんなことを考えていたホン社長の目に、キラリと光るものが飛び込んできた。コーヒーをすする男の腕に光る時計である。厨房に戻ろうとしたホン社長は、ひきつけられるように男に近づいた。

「あの…、この辺の方ではなさそうですね」

ホワイトゴールドの光を放つその時計は、スイス製の幻の名品である。そんなものを見せつけられたら、誰でも卑屈になるというものだ。

「誰かと待ち合わせでも？」

「ええ。ところでこの店、他にスタッフは？」

指先でコーヒーカップをぐるぐる回しながら、男が訊ねた。

「最近までいたんですがね、辞めたんですよ。入り口の求人広告を見たでしょ」

ホン社長の言う〝最近〟とは8ヶ月も前のことだ。従業員をひとり雇っていたが、店の売り上げが伸びず、辞めさせたのである。ホン社長ひとりでも十分すぎるほどヒマな店だ。これでは家賃も払えない。妻は、こんな店はたたんで、居酒屋でも開こうと泣きつく。そこで、店の権利を売りに出したのだが、2ヶ月経っても問い合わせの一つすらなかった。幸い、数日前にようやくオーナー希望者が現れ、売買契約を行ったが、妻にはまだ内緒にしてある。

居酒屋だなんてとんでもない。この年までコーヒー一筋。社長の座は手放しても、俺は一流バリスタだ、とホン社長は思っている。それを、今さら酒を売るなんて…。

「コーヒーを淹れるのも運ぶのも、レジも掃除も全部おひとりで？」

「状況が状況ですから仕方ありません。しっかりしたスタッフを見つけるのは難しいんですよ」

「マルチプレイヤーですね」

「ははは、確かにそうですね」

ホン社長は気まずそうに笑った。

「コーヒーの淹れ方はどこで習ったんですか？」

なに？　コーヒーを淹れるのに資格でも必要だというのか？

「別に習わなくてもね、コーヒーぐらい淹れられます。大学時代はずっとコーヒーショップでアルバイトをしていましたからね」

「この店を始めてどのぐらい経つんですか？」

「今年で3年目ですが、ここは立地が悪くてね」

「立地は悪くないと思いますよ。客が来ないのを場所のせいにしちゃいけません」

なんだと？　生意気なガキめ。

「近所に大きなビルがたくさんありますけど？」

「おととし、このあたり一帯に銀行や証券会社ができたんです。だけどそのビルにはシアトルから来たなんとかバックスっていう立派なチェーンのコーヒーショップが入ったので、うちはさっぱりですよ。その上、大型スーパーまでできちゃったもんだから、近所の商店はどこも閑古鳥が鳴いてます。困ったもんですよ。個人商店を救済しないで国の経済がよくなるわけがない。国が潤ってこそ、サッカーも強くなり、ワールドカップで活躍できるってもんです。とにかく、この国の男は足腰が強くなければ…」

冗談のつもりで言ったのだが、男はクスリともしなかった。

彼は指先でコーヒーカップをくるりと一回りさせ、カップと受け皿、それにティースプーンやシュガーボックスまでも観察した。そして、まるでワインのテイスティングでもするように、コーヒーカップを持ち上げた。色と香りを確かめた後、ゆっくりと口に含んだ。ホン社長はなぜか緊張して、息を止めた。どういうわけか胸が高鳴り、手に汗を握りながら男の口元をじっと見つめた。自分でもおかしいと思いつつも、彼のくちびるから目が離せない。

「お味はいかがですか？」と言いかけた言葉を思わず呑み込んだ。男が顔をしかめたからだ。一口飲んだ後、苦い顔をしたままカップを置いた。その後、彼はコーヒーを一度も口に運ばなかった。

一体、なにが気に入らない？

ホン社長はムッとした。コーヒーの味には自信を持っていたからである。

「お口に合いませんか？」

ムリに笑って見せたホン社長に、男は言った。

「これは麦茶ですか？」

「え？」

「コーヒーというより麦茶だ」

無表情のままそう言い放つ男に、ホン社長の怒りはグツグツと煮えたぎった。

なんと言い返してやろうかと考えている時、突然、勢いよく店のドアが開いた。

「おじさん、うちのウンセ来てない？」

慌てふためいて店に飛び込んできたのはウンチャンだった。

「来てないけど、どうかしたのか？」

「マジで？ まったくやってらんないよ。あのバカ、どこへトンズラしたんだろう。本当にここには来てないの？」

「ウンセがここに来るわけないだろ。ここは非行少年保護所じゃないんだぞ」

ご機嫌斜めなホン社長は、いつもとは違ってとげのある口調だ。しかし、興奮してるウンチャンは、ホン社長の気分などお構いなしである。

「まったく困ったヤツだ。一体、どこへ行ったんだろう」

「今度はなにをやらかしたんだ？」

「オーディションを受けるといって、授業を抜け出したらしいんだ。捕まえたらタダじゃおかない」

ウンチャンは、まるで焼酎を2、3本呑み干した工事現場の親方のような声でまくしたてた。

「あいつったら、怖いもの知らずにもほどがあるよ。よりによって、先生の靴を履いて逃げたんだって。見つけたらうんと懲らしめてやる」

「ウンチャンにかなうヤツはいないからな」

「おじさん、冗談はよしてよ。ママのお腹から僕が出てきたのも不思議なことだけど、あいつが出てきたってことは、まさに天変地異ってもんだよ。とにかくガマンするってことを知らないんだから。それにしても、先生の靴を盗むなんて、信じられない！」

ウンチャンは、寝グセだらけの頭を抱えて厨房へ向かった。洗いざらしの白い道着の上にジャンパーを1枚羽織っただけの姿だ。3月になったとはいえ、夜中には雪がちらつき、冷たい風が吹いていた。それなのに、つるりとした額には玉のような汗が光っている。風を起こしながら入ってきたウンチャンは、水道の蛇口に口をつけて水を飲み始めた。美味しそうにごくごく飲むと、道着の袖で口元を拭う。

「縁起がいいからって、一番でオーディションを受けたんだって。あいつったら、家では上手に歌うくせに、オーディションとなるとまるで念仏でも唱えてるかのようにヘタになっちゃうんだ。今回もそれで、オーディションの最中に飛び出したそうなんだ。ヘミが追いかけてくれたらしいんだけど、見つからなかったらしくて…」

「困ったヤツだな」

「とにかく、もしもここに来たら、すぐ僕に電話してくださいよ。脚の1本ぐらいへし折ってもいいから、必ず捕まえておいてください」

「俺には手におえないと思うけど、頑張ってみるよ」

「じゃあ、よろしくね！」

ウンチャンはホン社長が返事をする前に店を飛び出していった。

店の中は、ウンチャンが運んできた風と興奮が渦巻いていた。

ホン社長には分かっていた。あんなふうに言っていても、ウンチャンは妹のウンセが心配で仕方ないのだ。そんなウンチャンのために、ウンセが入り浸っているネットカフェに電話でもしてみようかと思ったその時、再び店のドアが元気よく開いた。

「あのさ、おじさん、バイト募集してるの？」

帰ったとばかり思っていたウンチャンがドアノブを握ったまま立っていた。

「え？　それは、その…、まあ、そうだ」

「だったら早く言ってよ。僕がバイトを探してるの、知らなかったの？」

ウンチャンの表情がみるみる明るくなっていく。色白の小さな顔に、真っ黒で大きな瞳がキラキラと輝いていた。やることは大雑把でタフだが、顔だけ見るとかなりの美形だ。近所の女学校では、コ・ウンチャンを知らない子はいない。バレンタインやクリスマス、誕生日にもなると、ウンチャンが働く道場の前には女学生達の長い列ができる。彼女達が整理券まで持って待機するほど、ウンチャンは人気者だったのである。

「条件があるの？　身長170センチ以上？　ギリでクリアだ。まだ成長期だからさ、こう見えても169・5センチぐらいはあるんだ。四捨五入でいいよね、ねっ!?」

「まあな」

「イケメン歓迎？」

ウンチャンはホン社長の前で様々なポーズを取りながら言った。

「ねぇねぇ、某サイトのイケメン部門でさ、僕が9週連続1位だったの、知ってるよね？」

「ああ、聞いたよ」

「事実なんだよ。まあ、3年前のことだけどね」

ウンチャンは求人広告に書かれた項目を一つずつ読み下った。

「キラースマイル、スマイルエンジェル大歓迎。これはクリアだね。お姉さま方に人気がある人大歓迎。これもクリアだ。面白いじゃん。それから、なにか芸ができること。彼女がいないこと。条件厳しいなぁ。おじさん、もしかして芸能プロダクションでも始めるつもり？」

「そうじゃないけど…」

この求人広告の内容は、ホン社長が決めたのではない。新しい店主からメールで送られてきたものだった。ウンチャンはぶつぶつ言いながら、その内容をメモしていた。

最初は、この内容を見て、ホン社長も今のウンチャンと同じように笑った。そして、ウンチャンと同じことを思った。「芸能人でも育てるつもりか？」と。

「時給5000ウォン？　おじさん、マジで？　昼食と夕食がついて時給5000ウォン？　スッゲ〜、今のバイトの2倍だよ。おじさん、明日からすぐに働くよ。いいだろ？　ね、頼むよ」

「おいおい、よく読んでみろよ。男に限…」

「要するに人気者でなきゃいけないってことだね。これって僕のためのバイトじゃん」

ホン社長は呆れて言葉も出なかった。明らかに大きな文字で〝男性スタッフ募集〟と書いてあるのに、あいつは風呂に入って鏡を見たことがないのか？　それとも24歳にもなる娘が、まだ自分を男だと思っているのだろうか。

「でもさ、いくら店が繁盛していなくても、これって何かヘンじゃない？」

「俺の求人じゃないさ」

「えっ？　じゃあ、どこの店？　もしかして…」

そう言うと、ウンチャンはホン社長のそばに擦り寄ってきて、小声でささやいた。

「もしかして、ホストクラブ？」

「バカ言うな」

「だって、どう見てもコーヒーショップの求人じゃないよ」

「ホストクラブのほうがよかったか？」

皮肉ったような声が窓際から聞こえた。驚いたホン社長とウンチャンは、同時に男のほうに顔を向けた。

イスの上で寝そべるようにして偉そうに座っていた男が、長い脚をひょいと下ろして立ち上がった。

長身を自慢するように、まっすぐに背筋を伸ばしながらウンチャンに近づく。

「ふぎゃ〜！」

ウンチャンはキングコングが威嚇するような声を出した。それを聞いたホン社長は思わず倒れ込んだ。動悸と耳鳴りで立っていられなかった。

ウンチャンは真っ青になりながら男を見つめ、目をまん丸くして叫んだ。

「へ…ヘンタイ！　イモムシ野郎」

瞬間、男の表情も険しくなった。そして、笑っているのか怒っているのか分からないような表情で、ウンチャンのそばに行った。

「おい、道着のお兄ちゃんよ。そんな格好で道端でかわらを割ったら、少しは恵んでもらえるのか？」

「なんだと！」

ウンチャンは、思わずこぶしを顔の前に構えた。いつでもまわし蹴りができる体勢だ。今にも攻撃を加えそうに見えた。

テコンドーの師範に向かって、なんて失礼なことを。口の悪いヤツだ。

「格好だけは一人前じゃないか」

「ふん、君こそ…どこぞの御曹司か知りませんけど。お坊ちゃまにこんな場所は似合いませんね。カーペットを敷いてない場所を歩くと、足の裏を傷めるんじゃ？」

ウンチャンが柄にもなく、皮肉たっぷりに言ってみたが、男は微動だにせずに答えた。

「あいにくだが、高級な靴を履いているから平気さ。お前なんかには死んでも買えないような高級靴だ。おい、さっきからずっと睨んでるが、なにが気に入らないんだ？　リラックスしろよ」

「なんだと！　かかってきやがれ」

「チビのくせに、生意気に。この店でアルバイトしたいならおとなしくしておけ」

「なに？」

ウンチャンとホン社長は思わず顔を見合わせた。すると男は、憎々しげな表情をホン社長向けてこう言った。

「申し遅れましたが、私は先日、この店を契約したチェ・ハンギョルです」

「え？　あ…あなたが？　そ、そうですか」

ホン社長は無意識のうちに握手をしていた。そして、堂々と厨房に向かう男の後ろ姿を見ながら、すべてを理解した。先日、社長の代理だと言って訪れた男が契約書に書いた名前は、紛れもなく〝チェ・ハンギョル〟だった。

「おじさん、どういうこと？　このムカつくヘンタイ男は何者なの？」

「ああ、それが、あの人がこの店のオーナーらしい」

「はあ？　なに言ってるの？　この店のオーナーはおじさんだろ？」

「この間、店の権利を売ったんだよ」

「マジで？　おじさん、どうなっちゃうの!?　この店は…」

1杯目

1ヶ月前、
ウンチャンの25時

Design cappuccino * a girl

1）午後7時50分、肉を買う

それにしてもお腹がすいた。早く開けてくれないかな。もう倒れそう…。

ウンチャンが今にも倒れそうになったその時、シャッターがガタンと音を立て、店の中からクさんが顔を出した。

「おじさん、中にいたんだね」

ウンチャンはサンダルをひきずりながら、クさんについて店に入った。精肉店独特の生肉のにおいがする。冷たい空気とともに照明が照らされると、美味しそうな肉が目に飛び込んできた。見ているだけでヨダレが出てくる。

ウンチャンは目をキラキラと輝かせながら陳列台へと近づいた。食欲に完全に支配されたその目は、まるで野生の猛獣のようだ。真っ赤な肉を見た瞬間、アドレナリンが湧き出てきた。

「おじさん、最近は豚バラ肉の売れ行きがよくないみたいだね」

ウンチャンは豚肉マニアだ。ヒレ肉を見ると瞬時にトンカツが頭に浮かび、バラ肉を見ると、香ばしいサムギョプサルのにおいが漂ってくる。連想するのに、1秒もかからない。

「今日もバラ肉か？」

「今日は前足をください。キムチチゲにするんだ」

ウンチャンの頭の中では、すでにキムチチゲがグツグツ煮えている。程よくすっぱくなったキムチに脂の乗った豚肉が、濃厚なスープの中でぐらぐらと揺れる。想像のキムチチゲにごくりとツバを呑み込んだウンチャンは、異様な気配を感じて顔を上げた。クさんが、あまりにもおとなしすぎるのだ。普段ならウンチャンと軽い冗談を交わすはずのクさんが、今日は店の隅に座って、ガラスの中の肉だけを見つめていた。ウンチャンは、四角いクさんの顔をじっと眺めた。まるで水分が抜けて、乾燥してしまい、ひび割れてしまったお餅のようだ。

「おじさん、どうしたの？　なにかあった？」

肉だけを見つめていたクさんが、力のない声で答えた。

「ウンチャン、お前はこの肉を見てなにを思う？」

「肉？」

「ああ、そうだ」

「どんな肉のこと？　部位は？」

「一般的な肉だよ」

「豚肉も牛肉も鶏肉も全部？」

「ふざけてないで、答えてくれ」

「豚足とかしっぽの肉も含む？」

「こら！　ふざけるな。肉全体のことだ」

突然、クさんが声を荒げた。冗談だと思ってふざけていたウンチャンは、驚いてクさんの顔を見た。そして、またすぐにヘラヘラと笑いながら明るく言った。

「大声を出さないで、落ち着いてよ。血圧が上がるよ。ほら、顔が赤くなってる」

「もういい。お前に聞いた俺がバカだった。そんなだから、いつまでたっても恋人のひとりもいないんだ」

「スネないでよ。本当にどうしたの？　また豚肉に妙な病気でも感染してたの？」

「お前とは話にならない。やめだやめだ」

「おじさんたら、そう言わずに話してってば」

「お前がバカなことを言うから腹が立つんだ。俺は肉について語ってるんだ」

「それはさっき聞いたよ。だから、どの部位なのかを言ってくれなきゃ、なにも浮かばないよ」

「もういい！」

興奮したクさんが、陳列台の中から肉のかたまりを一つずつ取り出し始めた。ドンと音を立ててトレイに乗せられた肉を見ながら、ウンチャンは呆れ顔でクさんの表情をうかがった。一体、なにをするつもりなんだろう。

「全部と言ったら全部だよ。ツラミもハラミもほほ肉も全部肉なんだ。ヒレやロースだけが肉じゃないんだぞ」

クさんは指先で、肉を突つき始めた。そのたびにウンチャンの目から火花が散り、息が荒くなり始める。

クさん、どうかしちゃったんじゃないか？　せっかくの肉を汚い指で突ついて傷つけるなんて。あれじゃあ、売り物にならないよ。あ〜あ、指が半分以上刺さっちゃってるよ。もったいない！

そこに考えが及んだ瞬間、ウンチャンの怒りはすーっと収まっていった。

そうだ、売らないつもりなんだな。あれを売るなんて良心が許さないだろう。捨てるのはもったいないから僕が処理してあげてもいいぜ。焼いて食べれば問題ないもの。それにしても頭に来る。可哀想に、なんの罪もない肉を虐待するなんて。

「いくら高価だと言っても、国産牛も肉だし、ブロイラーも肉なんだ。だから、この肉を見て、なにを思いつくのかと聞いてるんだ」

「肉は肉だろ。なにも思いつかないよ」

「なんで思いつかないんだよ？　この石頭め！」

「はあ？　石頭だと？」

〝石頭〟と聞いて、ウンチャンも怒りが湧いてきた。

「どうして僕が石頭なんだよ。肉を見たら食べたいだけじゃないか。それ以外になにを思いつけというんだ？」

「年頃の娘が、それしか思いつかないのか」

「年頃の娘だったら、食べることだけ考えちゃいけないのか？　自分だって、その年まで結婚もできないでいるくせに」

「なんだと？　このブタ野郎！　この年まで独身で悪かったな」

「こちらこそ、年頃の娘で悪うございました」

「女のくせに、男だと言われて黙ってるヤツがあるか」

「いちいち説明するのが面倒なだけだよ。おじさんだって分かってるだろ」

「本当は面白がってるんだろ」

「なにを？」

「皆がお前のことを男だと思ってることさ。女の子がキャーキャー言いながら寄ってきて写真を撮っていくのが、正直、気分いいんだろ？　違うか？」

「おじさんは僕をヘンタイだと思ってるの？　なにがあったか知らないけど、僕に八つ当たりしないでよね」

「八つ当たりぐらいさせてくれよ。新春文芸コンクールに14回も落ちたヤツは、八つ当たりもできないのか？」

「14回も落ちたことが自慢なのか？」

瞬間、ウンチャンはなにかが違うと感じた。昨日までは〝13回〟だったのだ。やっとおじさんの奇行の理由が理解できた。

「発表があったの？」

あ〜あ、また落選したのか。

「夢が的中したんだ。何日か前、乳牛に踏んづけられて窒息する夢を見たんだ。乳牛が大きなお乳で俺を押さえつけながら睨みつけてた。苦しくてもがきながらも、気づいたら俺は牛に踏んづけられたまま、部位別に肉を切りさばこうとしていたんだ」

そう言いながらクさんは、まな板の上に豚の前足を乗せてスライスし始めた。

「それなのに、この包丁が切れないいんだ。悪戦苦闘してる様子を見て牛が笑うんだ。切れるもんなら切ってみろと」

「でも、よかったじゃん」

「どこがよかったんだ？」

「おじさん、巨乳マダムが大好きじゃないか。知ってるんだよ。おじさんの部屋に巨乳マダムのカレンダーが貼ってあるの。いくら気に入っててもさ、1999年のカレンダーはいただけないよ」

「巨乳マダムが好きでかけてあるんじゃない。両親が亡くなった時のカレンダーだから残してあるんだ。女のクセにバカなこと考えやがって。そんなんで、よく子供達にテコンドーを教えてるな。俺だったら、自分の子を絶対にお前になんか預けないぞ」

「結婚してから言ってよね」

「結婚しなくても子供は作れるぞ」

「どうやって？　養子でももらうの？」

「あぁ、お前と話してると頭が痛くなってくる。どこまで話したっけ？」

「牛の夢だよ」

「クソッタレどもめ。なにも知らないくせに、審査員だなんて偉そうにしやがって。文学の世界も腐ってるぜ。最初から受賞者なんて決まってるんだ。どうせデキレースさ」

「そうだよ。腐りきってるよね」

適当に相づちを打ちながらも、ウンチャンの視線はまな板の上の前足に突き刺さったままだ。スライスされた肉がどんどん細かくなっていく。このままじゃこま切れか、いや、ひき肉のように細かくなってしまいそうだ。

「詩というものはだな、感動そのものなんだ。落ち着いて一文字ずつ吟味しながら読むものなんだ。それに、最後まで読まないと、どんでん返しの面白さも味わえない。それなのにあいつらときたら1行か2行読んだだけで、ポイと原稿を捨てやがる。審査員としての姿勢がなってないんだ。有名な詩人だろうが小説家だろうが、他人の作品を鑑賞するという心構えを持ってなきゃダメだ」

「今回の作品のタイトルは？」

「『ああ、生肉、その無限の六面体』だ。したたり落ちる肉汁、もっちりとした肉質、そして、たくましい骨の中に隠れている濃厚なエキス。ああ、そのひとかたまりの生肉を六面体に切り分ける肉屋の主人の人生よ。その孤独。俺の詩にはそういう悲哀が染み込んでるんだ」

「それでさっき、肉を見てどう思うかと聞いたんだね」

「そうだ。俺はこの肉を見ると…」

クさんは深い溜め息をつくと、興奮をしずめてまた包丁を取り出した。肉が細かくなりすぎていることにも気づかずに。

「俺にとって肉は人生そのものなんだ。手に入れることも捨てることもできない愛憎の対象だ。その深い意味を理解できないとは、情けないヤツらだ」

「ベジタリアンなのかもよ」

「なに？」

「審査員が肉を嫌いなのかもしれないよ。ヘルシーブームだからね」

ウンチャンは、クさんがへたり込んでる間に、ひき肉になりそうだった肉を救出した。

「ヘルシーだと？」

「そうだよ。だから最近は、野菜のほうが高いんだ。知らなかった？」

チゲの具にしては、とんでもなく細かくなってしまった肉を手に、ウンチャンは５０００ウォンを差し出した。

「いらないよ」

「どうして？」

クさんは、力の抜けた表情で奥の部屋へと入ってしまった。

審査員がベジタリアンかもしれないというのが、そんなにショックだったのかな？

２）午後８時５分　飛べ！　鉄拳少年

空室だらけの古い４階建てのビル。その２階にあるテコンドー教室がウンチャンの職場である。建物の左側に小さな入り口がある。大人ひとりがようやく通れるほどの狭い階段は、砂ぼこりで汚れていた。ところどころ、はがれ落ちた壁には、古い写真が飾ってある。その写真の周りには、何度消しても、子供達の落書きが後を絶たない。飾られた額縁にはテコンドー大会でメダルを獲得した子供達の写真が入っていた。頭に花冠をかぶり、胸にメダルをかけて誇らしげに笑っている。しかし、その額縁も、ガラスが割れていて、ガムテープで止めてあるような状態だ。

ウンチャンは、階段に落ちていたガムの包み紙を拾い、傾いた額縁を直して道場へと飛び込んだ。

「せんせ〜い!」

「なに?」

道場に入ったとたん、誰かに声をかけられた。

「スンギョンがね、シンバを連れてきたんだ」

ウンチャンは豚肉が入ったビニール袋を机の上に置いて振り向いた。スンギョンが小さなプードルを抱いて立っていた。スンギョンを取り囲んだ子供達は、まるで判決を待つ傍聴人のように、息を呑んでウンチャンの言葉を待っていた。

「どうして帰らないの? 練習が終わったら早く帰らなきゃ」

「ピザを食べていくんだ。ダメ?」

まるで師範であるウンチャンにケンカを売っているような口調で、テウォンが言った。

このチビが思春期になった時のことを思うと、頭が痛くなる。

「スンギョンがピザを注文したんだ。師範の分もあるよ。師範のお母さん、留守なんでしょ? スンギョンのママも今日はお出かけなんだって」

一気にまくしたてたのは、スンギョンがシンバを連れてきたことを言いつけたヨンジョンだ。

「ただのお出かけじゃないわ。ミュージカルを観に行ったの。おうちにシンバひとりだと可哀想だから連れてきたのよ。ママが帰ってくるまで、ここで遊んでてもいいでしょ?」

テウォンのように攻撃的ではないが、スンギョンの口調も十分生意気だ。10歳の子供に圧倒されるなんて。まったく、最近の子供ときたら…。

「神聖な道場に犬を放すなんてとんでもない！」と突き放すわけにもいかない。この子達がいないと、たちまち食い扶持を奪われてしまうのだから。

「でも、30分しか時間がないよ。もうすぐ大人の部の練習が始まるんだから」

「大丈夫。30分もあれば十分。師範の好きなプルコギピザも注文しておいたよ」

瞬間、ウンチャンの目が輝いた。おお！　プルコギピザ！　しかし、そんな素振りを隠そうと、用もないのに机の引き出しを開けたり閉めたりする。

「皆で食べなさい」

「スンギョン、これ、シンバに食べさせてもいい？」

「いいよ」

子供達がソーセージを持ってシンバを誘惑している。子供達と子犬が道場内を走り回っていてもウンチャンは黙っていた。普段なら「いい加減にしろ！」ととがめるはずなのに、それができないのは、ピザのせいだ。

大人の部の練習を館長にまかせて、自分は夕飯を食べに帰るつもりだった。ところが、その館長の姿が見えない。仕事をすっぽかすわけにもいかず、食事もできないのなら、せめてスンギョンが注文したというピザでもいただくしかあるまい。まあ、これはオードブルだ。家に帰ってメイン料理のキムチチゲとママが作った美味しいサラダを食べればいい。ふふふ…。

その時、スンギョンが言った。

「先生、ヨダレが出てるよ」

「え？」

ウンチャンは恥ずかしそうに、道着の袖でヨダレを拭った。テウォンは汚いものでも見るような目だったが、スンギョンにはその姿がカッコよく見えたようだ。目をキラキラさせながらウンチャンに訊ねた。

「先生、私が送ったメール、読んでくれた？」

「メールを送ってくれたの？　まだ読んでないな」

ウンチャンはパソコンが苦手だ。正直、自分のメールアドレスさえ覚えていないほどだ。それでも仕方なく、机の上のパソコンに手を伸ばした。

「じゃあ、見てみようかな。スンギョンがなんて書いてくれたのか」

「ダメよ！」

突然、スンギョンがパソコンのスイッチを切ってしまった。真っ赤な顔でモニターを隠しながら、テウォンのほうを気にしているようだ。

「おうちに帰ってから見てください。あ、ピザが届いたよ」

スンギョンが駆け寄っていって、ピンク色の財布を開けた。子供がお金を払う姿を見ていられなかったが、代わりに払うほどの余裕もないウンチャンは、突然、机に向かって忙しそうに仕事をするフリをし始めた。その時、自分を見つめているテウォンと視線がぶつかった。

「なに？」

テウォンは呆れたような表情でウンチャンを見て、くるっと背を向けた。

気持ちとしては一番にピザに食らいつきたいのだが、弟子達の手前、そう言うわけにもいかず、相変わらず忙しいフリを続けた。しかし、そうしていられたのもほんの数秒間だけだった。ピザのにおいが臭覚を刺激し、これ以上ガマンできない。その上、子供達の美味しそうな顔ときたら…。

「じゃあ、先生も一切れもらおうかな」

そう呟いて、子供達のほうに向かったウンチャンに、スンギョンが笑顔でピザを差し出した。師範のために、特大のプルコギピザをとっておいてくれていたのだ。なんて可愛いヤツ！

その時、テウォンが言った。

「先生、電話だよ」

テウォンが机の上を指した。しかも、生意気に顎先で。

五感のすべてがピザに集中していたウンチャンには、電話の着信音が聞こえなかったようだ。こんな時間に誰？　期待に満ちていた胃袋から怒りが込み上げてくる。ウンチャンは机の上の携帯電話に手を伸ばした。

「もしもし」

「お兄《オッパ》ちゃん。私よ」

その瞬間、胃袋だけでなく、全身から怒りが込み上げてきた。この大事な瞬間に、イタズラ電話などかけるヤツがあるか！　〝お兄ちゃん〟だと？　女子中の3年間に女子高の3年間、後輩達からずっとそう呼ばれてきた。あげくの果てには、同級生にまで〝お兄ちゃん〟と呼ばれて追い回さた。それが、今頃になって、また〝お兄ちゃん〟だって？

「イタズラならやめてください。切りますよ」

ウンチャンが電話を切ろうとした瞬間、慌てたような声が聞こえた。

「お兄ちゃん、切らないで。私よ、ウンセ！」

「うるさい！　切るよ」

「どうしてよ？」

どうしてって、今…。

スンギョンが大きなピザを指差して、早く来いと手招きしてるんだから。ウンチャンはスンギョンにニッコリと笑いかけた。

「今、忙しいから後でかけなおす。じゃあね」

「お兄ちゃん、待って！　そんなこと言ってる場合じゃないの。チンピラにからまれて…」

「何？」

ウンチャンの視界からピザが消え去った。

「どこのどいつだ？」

「私の後をつけまわしてるの。今もここにいるわ。お兄ちゃん、すぐ来て」

「どこだ？」

「王子コーヒーよ」

食べ物を前にしてる時は、誰がなんと言おうと動かないのがウンチャンのポリシーだ。だが、今回だけは悠長なことを言ってられない。妹がチンピラにからまれてると聞いたら、いくらウンチャンでもピザどころではない。ウンチャンは息で前髪をフッと吹き上げ、ジャンパーをひっかけると、電話を持ったまま出口のほうへ走り出した。

「どうしてそんなヤツと一緒にいるのよ。それに、何時だと思ってる？　高校生のくせに！」

「私は早く帰りたいのに、こいつが…」

「うるさい！　とにかく今から行くから。おじさんいるよね？」

「うん、カウンターからこっちを見てる」

「じゃあ、そこから動かないで…」

そう言いかけた瞬間、ウンチャンの両足が空中に浮いた。そして、お尻から勢いよく転落した。ピザを食べていた子供達の手が止まり、いっせいにウンチャンに視線が集まった。片方の腕をジャンパーに通し、片方の手に携帯電話を握ったままのウンチャンが寝そべっていた。片足を天井に向けて突き上げたままで。ウンチャンの足の裏から、シンバのウンチがポトリと落ちた。

こ…、この犬コロめ…！

「お兄ちゃん、どうしたの？」

不安げな声が受話器から聞こえたと同時に、ぐらぐらと棚が揺れ始めた。ウンチャンと子供達の視線が棚に向けられた瞬間、トロフィーが落下した。反射的に手を差し伸べたウンチャンの腕の中に、トロフィーは無事に納まった。…と安堵の溜め息をついた時、トロフィーの先についていた鉄拳少年の頭がころころと転がった。

「ゲッ！」

不安と同情の視線が突き刺さる。

「館長にバレたら大変だよ」

鉄拳少年の頭を接着剤でくっつけなきゃ、その前に足を洗わなきゃ、そう思ってる最中に、スンギョンが包帯を持ってきて、ウンチャンの右手をぐるぐる巻きにし始めた。

「先生、血が出てる」

トロフィーを受け止めた時、少しぶつけた親指の先に血が滲んでいた。それだけのことなのに、スンギョンは涙を浮かべながら包帯を巻いた。

「ちゃんと治療しなきゃダメよ。血が止まらなくなったらどうするの？」

絆創膏1枚で十分な傷に、スンギョンは泣きながら包帯を巻き続けた。包帯は手首を越えて腕にまで達した。まるでギプスのようだ。それでも、ウンチャンは、スンギョンの手を遮ることはできなかった。スンギョンは血が大嫌いだと知っていたから。スンギョンはたったひとりの弟を交通事故で亡くした。その時、スンギョンも一緒に現場にいたのだった。

3）8時55分　チンピラと出会う

腕にはギプスのような包帯を巻き、道着のズボンには犬のウンチをつけたウンチャンが王子コーヒーに現れた。

「お兄ちゃん、その手はどうしたの？」

ウンチャンは妹であるウンセを見ても、しばらく気づかないということが時々ある。朝、家を出た時とは、まったく別人になっているからだ。今日も、制服と通学かばんは地下鉄のロッカーに入れてあるらしい。

「お兄ちゃんたら、またケンカしたのね。いい加減にしてよ。いつもヤクザとケンカしてるから、ケガが絶えないのよ。心配だからもうやめてね」

ウンセが気持ち悪いぐらいに愛想よく言った。なにを考えてるのか予想はつく。

それにしても、腹が減った。なにか食べるものはないかな。

「なに？　このチビがお前の恋人だと？　笑わせんじゃねえぜ」

生意気な言い草だ。ウンチャンは向かい側に座ってる青年をチラッと見た。なんだ、こいつ？　ゴリラの国のチンピラか？　あまりにもデカすぎる。しかも不精ヒゲまで生やして…。

落ち着かないのか、それともわざと不良っぽく見せようと虚勢を張ってるのか、男はがたがたと足を震わせている。

一方、イスに座ったウンチャンも顔をゆがめていた。転んだ後遺症だろう。頭がズキズキするし、腰も背中も痛い。それよりももっと精神的につらかったのは、耳の上の3センチの地点にできた、500ウォン玉大のハゲだった。転んだ拍子に、床に落ちていたフーセンガムがついてしまったのだ。神聖な道場に噛み終えたガムをそのまま捨てるなんて、許せない。などと言ってる場合ではない。スンギョンが包帯を巻いてる間、テウォンが妙な表情で近づいてくると、机の上にあったはさみを手にして、ウンチャンの髪を切り始めた。

「ガムが髪についたら絶対に取れないんだ。だから、切るしかないんだよ」

チョキチョキと言う音を聞きながら、ウンチャンは今までに見たどのホラー映画よりも恐ろしい光景を目の当たりにした。そう、ウンチャンの耳の上に丸く現れた500ウォン玉ハゲ。仕方なくウンチャンは、館長の帽子をかぶってくるしかなかった。道場に置いてあった唯一の、商店街の防犯隊の帽子を。

「おい、ウンセ。こんな乳臭いヤツのために俺と別れるってのか？　呆れて開いた口がふさがらないぜ」

ゴリラ男が皮肉たっぷりにそう言うと、ウンセはウンチャンにピッタリ寄り添い、腕まで組んできた。それを見た男の顔は嫉妬にゆがんだ。

ウンチャンは、怖い目で睨むゴリラ男を見つめて、いつものように前髪をフッと吹き上げた。こうして前髪を吹き上げるのが、ウンチャンのクセだった。ところが、ウンチャンには大きすぎる帽子まで飛ばされそうになり、慌てて手で押さえた。

「お兄ちゃん、なんとかしてよ。私があなたと付き合ってると言っても、全然信じてくれないのよ」

今回はただの〝お兄ちゃん〟ではなく、恋人のフリをさせるつもりか？　開いた口がふさがらないのはこっちだ。

いい加減にしてくれよ。私はあんたの〝お姉ちゃん〟だ。

呆れて息もできないでいると、ホン社長が水を持ってきてくれた。

「その手はどうした？　かわら割りを失敗したのか？」

「そうじゃないけど、まあ、色々あってね。それより、おじさん、なにか食べるものない？」

「食べるものったって、ビスケットぐらいしかないな。それでも食うか？」

溜め息がこぼれた。ウンセがチンピラだとさえ言わなければ、服ぐらい着替えてきたはずだ。もちろん、ピザだって食べてた。そう言えば、机の上に豚肉を置きっぱなしだ。

「じゃあ、それでもください」

「飲み物は？」

支払いのことを考えて水だけにしようかとも思ったが、目の前のゴリラ男に払わせる心づもりでフレッシュジュースを注文した。

「まるでお子ちゃまだぜ。ジュースだと？　ウンセ、マジでこいつと付き合ってんのか？　前に俺が言っただろ。男をもて遊んじゃダメだって」

「バカ言ってんじゃないわよ。チンピラのくせに」

「俺はチンピラじゃなくてミンヨプだよ。お前ってヤツは、生意気なこと言っても可愛いんだな」

オエッ！　気持ち悪い。

ウンセがウンチャンの脇腹をつついた。早く目の前のゴリラ男を始末してくれと言う意味だ。ウンチャンは防犯隊の帽子をかぶったまま、目の前に座っている男をじっくり観察した。

スンギョンが包帯を巻き終えたとたん、犬のウンチもキレイに拭かないまま駆けつけたのだ。ただ、ウンセを助けるために…。ところが、こうして相手のチンピラと向き合ってみると、ただただ溜め息がこぼれるばかりだ。こいつはチンピラの風上にも置けないような、そう、その辺の公園で小学生から恐喝する程度の最低ランクの男だ。しかも、口は悪いが、目に毒気がまったくない。ケンカ早そうな気配もない。

「おい、テメエはそろそろ帰ってくれ。俺はウンセと話があるんだ」

「テメエって誰に言ってんの？　彼はあんたより４つも年上なのよ。言葉遣いに気をつけなさい！」

ウンセが興奮して言った。

「なに？　４つも年上だと？　冗談じゃないぜ。どう見ても４つ下じゃないか。ウンセ、お前は騙されてるんだ。おい、お前正直に言ってみろ。本当はいくつだ？」

「お兄ちゃん、なんとか言ってよ」

ウンセがしびれを切らして言ったが、ウンチャンは喉が渇いて声もでない。さっき注文したフレッシュジュースが待ち遠しい。その上、腹ペコのため頭は真っ白だ。

「お前、名前は？」

「名前なんか聞いてどうすんだよ？」

「うちのウンセがそんなに好きか？」

「うちのウンセだと？　ウンセがお前のものだとでも言うのか？　ふざけやがって。ウンセは俺のエンジェルなんだ」

ゴリラ男は完全にウンチャンをナメていた。実際、身長だけ見ても、ウンチャンのほうがかなり小さい。いくら女子高生に人気があるとはいえ、体型的には男にかなうわけがない。身長は１６９・

5センチで普通の女の子より少し骨太なだけだ。

「興奮するなよ。だから、うちのウンセが…」

その時、フレッシュジュースが運ばれてきた。ウンチャンは話を中断させて腕を伸ばした。ところが、腕が動かない。スンギョンがていねいに巻いてくれた包帯が、腕の自由を奪っていたのだ。仕方なく、左手でグラスを持ち上げ、一気にジュースを飲み干した。フレッシュジュース1杯を飲み干すのに、ほんの5秒もかからなかった。

「お兄ちゃん、ジュースなんか飲んでる場合？」

「面倒だ。外へ出ろ。決闘だ」

ゴリラ男の言葉を聞いて、ウンセの目が輝いた。その目はウンチャンに〝早くぶちのめして〟と訴えていた。最初からそういう魂胆だったのだ。まったく、これでも妹か？ 大男相手に姉をリングに上がらせて、自分はラウンドガールでもしようっていうのか？

「おい、聞こえねえのか？ 外へ出ろっつってんだよ」

男が宣戦布告をして外へ出たが、ウンチャンは動かなかった。

「男らしくていいヤツじゃないか」

「おじさん、やめて！」

ウンセが飛び上がってホン社長の言葉を遮った。しかし、ホン社長はおかまいなしに続けた。

「この間、ふたりで仲良くこの店の前を歩いてたじゃないか。もう心変わりしたのか？」

「こいつの本性が分かったのよ」

「本性って？」

「ただのチンピラだったのよ。デート中でもどこにでもツバを吐くし、マナーも悪いし、性格も最悪。しかも、卒業したら大学へ行くって言ってたくせに、高校留年したのよ。考えられる？」

「なるほど、そりゃあ決定的だ」

「冗談じゃないっての。工大生のはずが、工業高校4年生よ。あのウソつき」

「こいつが工大生だか工業高校生だか知らないけど、あんたも勉強しないと、こいつみたいになるよ」

ウンチャンにまで追い討ちをかけられたウンセは、哀願モードに突入した。

「そんな話は家に帰ってからにしてよ。マジでつらいんだから」

「そんなにつらい恋愛をしてたのか？　可哀想に」

「冗談言ってる場合じゃないでしょ。妹が拉致されそうなのに」

「あいつにそんな大それたマネはできないよ」

「お姉ちゃんはなにも知らないのよ。あいつ、私を自分の部屋に連れ込もうとしたのよ」

「ウンセは困った時だけ、ウンチャンを〝お姉ちゃん〟と呼ぶんだな。〝お兄ちゃん〟になったり〝お姉ちゃん〟になったり、チャンも忙しいな」

ホン社長の言葉と、ウンセの刃物のような鋭い視線が激突した。

「おお、怖い」

ホン社長はわざとおびえたフリをしながらカウンターの後ろに身を隠した。

「お姉ちゃん、お願いよ。これが最後だから。もう二度とこんなことはさせないわ」

ウンチャンは溜め息を吐きながらウンセを見た。去年のクリスマスの頃にも同じようなことがあった。その時も〝これが最後〟だと言った。そのことを覚えているのだろうか。

「他に男ができたの？」

「違うわよ」

「じゃあ、どうして別れたいの？」

「勉強するからよ。だって、私ももう高3よ。歌手になるためには、一生懸命勉強して音大に行かなきゃダメだもん」

「本当に？」

「もちろんよ。私だってそろそろ人生について考えなきゃ。いつまでもお姉ちゃんにおこづかいをせびるのも悪いしね。だからさ、お姉ちゃん。本当にこれが最後だから、お願い」

思いがけない言葉に、ウンチャンの目頭が熱くなった。いつも自分勝手なことばかりしてたウンセが、こんなことを言うなんて、信じられなかった。ウンチャンはただ、父親のような気持ちで、ウンセが元気に育ってくれることを祈るばかりだった。それなのに、いつの間にか成長したウンセが、人生について考えるだなんて、感動だ。

「分かったよ。なんとかしてみる」

その時、早々と外に出ていたゴリラ男が、しびれを切らして声をあげた。

「いつまで待たせせんだよ！　ビビッて足が動かないのか？」

「腹が減って動けないんだよ」

「なに？」

「とにかく、入って来い」

ぶつぶつ言いながら店内に戻ってきたゴリラ男は、思いのほか素直に席についた。男はその時初めて、ウンチャンの道着に気づいたのだ。ジャンパーを着てはいるが、その中は道着のままだった。

「悪いけど、俺の立場では人に手を出せないんだ」

「なんだと？　怖気づいたのか？」

「テコンドーの師範が一般人に手を出したら警察に連行されるのさ。そうすると、食い扶持がなくなっちまうんでね。他のことで決着をつけようぜ」

「ふざけんじゃねえ！　逃げようってのか？」

「そうじゃない。お前の好きな方法で勝負しよう」

「カッコつけやがって。なにで勝負をしたって、お前なんかに負けるわけがない」

「そうかな？」

そう言うと、ウンチャンはホン社長を探した。店内には相変わらず客はいない。

「おじさん、竜宮飯店に電話して。それから、お前、カネ持ってるか？」

「お前の飯代を俺に払えってのか？　貴様、ぶっとばされてえか」

「今から俺達ふたりでジャジャン麺食い競争をやるんだ。負けたほうが代金を払うのは当然だろ」

「ジャジャン麺だと？　そんな細っちい体で、俺と大食い競争をして勝てるとでも？　そうか、分かったぞ。殴られるのがイヤなんだな。いいだろう。エンジェル、よく見てろよ。俺が勝ったら、俺と付き合うって約束、忘れてないだろうな」

「分かってるわよ」

そう言うと、ウンチャンに向かって優しい笑みを投げかけた。

「早めにケリをつけちゃってね」

目の前にドカンと積まれた10皿分ものジャジャン麺を見て、ゴリラ男は一瞬怯んだ。帽子に隠れているウンチャンの瞳がキラリと光ったのを見たら、もっと怯んだだろう。

たった13秒で一皿を平らげたウンチャンの顔は、まるで天使のようだった。皿に顔をうずめるようにして食べていた割には、口元は汚れていなかった。口のまわりにつく油すらもったいなくて、上手に食べるのであった。

一方、ゴリラ男のほうは、アセリで萎縮してしまった胃袋に麺を押し込むのに苦労していた。

3皿目ぐらいまでは、勝負として成り立っていた。しかし、4皿目に入る頃には、大きく差が広がっていた。

「ピザ、ピビンバ、豚足、キムチチゲ…」

テーブルにひじをついて、ウンセがぶつぶつと呟いていた。

「マーガリンにごま油、テールスープにショートケーキ」

先に降参するか、吐いたほうが負けだ。無表情のままのウンセが発する単語はすべて脂っこいものだった。

「チーズ、チャプチェ、豚バラ、マヨネーズ」

ウンチャンが5皿目を平らげた時、ゴリラ男は5皿目に手を伸ばそうとしていた。苦しそうな顔をしながらも、愛するウンセを我が物にしようと必死だ。

「バナナ、ヨーグルト、チーズケーキ…」

「オエエ！」

ウンセの追い討ちもあって、可哀想なゴリラ男はとうとう口元を押さえたまま、トイレに駆け込んだ。そんな男の背中に向かって、ホン社長がとどめの一言を浴びせた。

「おい！　床を汚さないように気をつけてくれよ」

4）午後9時55分　ロード・オブ・ザ・リング　指輪の大遠征

トイレに駆け込んだゴリラ男を置き去りにして、ウンセはまた姿をくらませた。

「あら、ヘウク。どこにいるの？　私も近くにいるわ。本当？　すぐ行くから待ってて！」

1本の電話を受けると、ウキウキしながら店を出て行った。

「お兄ちゃん、今日は遅くなるからね」

「ウンセ、どこへ行くんだ？」

ゴリラ男は、ずっと便器に顔を突っ込んだまま、ポンプのように吐き続けている。しかし、ウンチャンはウンセを追うことができなかった。ウンチャンのポケットには1500ウォンしかないのだ。

「悪いけどさ、ゲームはゲームだから払ってもらうよ」

一瞬にしてげっそりしてしまった男が、ジャジャン麺の代金を払う間、ウンチャンは水ばかり飲んでいた。ジャジャン麺の味が濃かったようだ。喉が渇く。

「お前も飲むか？」

水を勧められた男は、ウンチャンをジロリと睨みつけると店を出て行った。相当、プライドが傷ついたようだ。

「悪いヤツではなさそうだ。約束どおりカネを払ったんだからな」

「そうですね。ああ、お腹いっぱいだ」

ウンチャンはホン社長にありがとうとお礼を言うと、店を後にした。夜が更けるにつれ、気温が下がり肌寒くなってきた。

コ・ウンセ、遊び人の妹め。一体、何人の男と付き合っているんだ？　ヘウクって一体誰よ？これが最後だと言っていたくせに。

そんなことを呟きながらウンチャンが市場の通りに出た時、上から怒号が降ってきた。

「こら、コ・ウンチャン！　黙ってどこへ行ってたんだ！」

「か…館長」

道場の入り口で仁王立ちになっている館長の顔は、怒りに燃えていた。その瞬間、トロフィーから落ちた鉄拳少年や、ピザを食べていた少年達の姿が目に浮かんだ。

「館長、あ…あれは…」

「それは俺の帽子じゃないか。大事な防犯隊の帽子を勝手にかぶりやがって」

そう言うと、館長は帽子を奪い取った。

「バカなヤツだ。サイズの合わない帽子をかぶるとは」

僕だってかぶりたくないさ。仕方なくかぶっているだけだよ。

暗くて館長は気づいていないようだが、ウンチャンはしきりに耳の上を押さえていた。

髪の毛がないとスースーして寒いもんだな。それにしても、鉄拳少年の頭はどうなったんだろう。

スンギョンはうまくくっつけられたかな？

「ほら、持っていけ」

「これは？」

館長の手には黒いビニール袋があった。あ！　豚の前足。ウンチャンは慌てて肉を受け取った。

「道着のまま歩き回るなと言ったはずだ」

「いてて！」

なんと言っても館長のゲンコツほど痛いものはない。頭全体に余波が広がるようだ。

「館長、頭に穴が開いちゃいますよ」

「つべこべ言わずに、早く部屋に戻れ。お母さんが待ってるぞ」

「え？」

「戸締りは頼んだぞ」

「はい。おやすみなさい」

館長を見送ったウンチャンは、何度も頭を押さえた。ゲンコツを食らった場所がまだジンジンしている。

道場に向かって階段を上った。ネットカフェのあるフロアを通り過ぎ、ビリヤード場のフロアを超えて、最上階の道場にたどり着いた。この古い建物にウンチャン一家の部屋を用意してくれたのは館長だった。しかも、建物のオーナーを説得して水道代だけ負担すればいいようにしてくれた。館長は、亡くなったウンチャンの父とは海兵隊の同期生で深い絆があるらしい。そのおかげでウンチャンは、住む部屋も職場も、すべて館長のお世話になっていた。

「ただいま」

「おかえり、うちの王子様」

「同窓会は楽しかった？」

ドアを開けて部屋に入ったとたん目に入ったのは、顔にシートパックをして横たわっている母の姿だった。今日も薄紫のホームドレスを優雅に着こなしている。

「もうパックしてるの？　今帰ったばかりでしょ」

「すぐにしないと荒れちゃうのよ。私の柔らかくてきめ細かな肌が、この寒さに悲鳴をあげてるわ」

「おおげさなんだから」

「本当よ。触ってみて」

ウンチャンは言われたとおり、パックの下に指を入れて頬を押さえてみた。

「わ！　マジでカラカラに乾燥してるじゃん。完全にヘチマだ」

「え？　本当に？」

「冗談よ、冗談」

「もう、それでなくても、気にしてるのに」

「なんのパックなの？」

「保湿パックよ。高価な化粧品は買えないからパックぐらいしないとね。毎日ちゃんとお手入れしてるからこの肌を保てるのよ。たった3万ウォンの化粧水を使ってこの肌を保ってるのは私だけよ」

「はいはい、ママのお肌は最高ですよ」

「ああ、しっとりしてるわ。夕飯は食べたの？　冷蔵庫にサラダがそのまま残ってたわよ」

「食べてきた」

「何を食べたの？」

「ジャジャン麺」

「またそんなものを食べたの？　ちゃんとしたご飯を食べなきゃダメじゃない。お肌によくないわよ」

「成り行きでそうなっただけだよ。ママは何を食べたの？」

「私はイタリアンよ」

ジャジャン麺を5皿も食べたというのに、ウンチャンはまたヨダレをたらしそうになった。

「でも、今日の料理はイマイチだったわ。皆は美味しいって舌鼓を打ってたけど、私はすぐに分かったわ。あの店、きっとシェフが変わったのよ。ソースの味が全然違ってた」

「ママの味覚は鋭いからね。じゃあ、がっかりしたね」

「まあまあね。ところで、なんだかくさいわね。なんのにおいかしら？」

「え？　くさい？」

ジャンパーを脱いだウンチャンは、自分の体を見渡して、道着の裾についている茶色い物体を発見した。ヤバイ！

「そ…そうかな？　僕にはなにもにおわないけど。ところでソースがどうしたって？」

「ソース？」

「前に美味しいって言ってたじゃない」

「ああ、サフランね。今日は食べなかったわ。今日のメニューは…」

このあと約10分間、料理に関する説明が続いた。10年ほど前、母はイタリア料理の研修に通っていたのだ。母が夢中で説明している間に、ウンチャンはすばやく服を着替えた。まさか犬のウンチがついていると知ったら、母は黙っていないはずだ。

シンバのヤツ、二度と道場に入れてやるもんか。

道着を丸めて洗濯機に入れようとするウンチャンに母が訊ねた。

「ウンセは？」

「遅くなるって」

「また？　あの子ったら、本当に落ち着かないわね。高3のくせに勉強もしないで遊びまわってばかりで、大丈夫なのかしら。ちょっと電話機を取って」

母に電話を渡して、ウンチャンは慌てて浴室に向かった。洗濯機に道着を入れてスイッチを入れると、自分もシャワーを浴びた。給湯器の調子が悪いようで、なかなかお湯が温まらない。その間も母が電話する声が浴室まで響いていた。ウンセが困らせているのか、母の口調はどんどん険しくなる。

冷水シャワーで体を洗い終えたウンチャンは急いで服を着た。

「もう！　まいったな。どうすれば隠せるんだろう」

ドライヤーで髪を乾かしながらウンチャンは呟いた。髪で隠そうとしても、地肌が見えてしまう。

「テウォンのヤツ、見事に切ってくれたもんだ」

なんとかしなければ、このままでは外も歩けそうにない。ウンチャンは薬箱を取り出し、髪を切られた部分の大きさに合わせてガーゼを切り取り、絆創膏で貼り付けた。当分はこうして外出するほかないだろう。

ウンチャンが浴室から出た時、電話が鳴った。

「もしもし、あら、ドンオク？」

電話に出る時の声は、普段と比べると1オクターブ高くなる。若々しい母の声を聞きながらウンチャンは冷蔵庫を開けた。ラップをかけたきれいなお皿が冷蔵庫の中央に置かれていた。その皿の真ん中に、一握りにもならないほどの少量の野菜が盛ってあった。いわば〝プチサラダ〟である。

人に言わせると、母の料理の腕は、その辺の有名レストランのシェフにも負けないそうだ。もちろん、ウンチャンも母の料理の味に対してはなんの不満もない。問題は量なのである。一日中、子供達を相手にテコンドーを教えているウンチャンにとっては、とてつもなく少ないのだ。そうとも知らずに母はいつもこう言う。

「チャン、全部食べたら太るわよ。野菜をたくさん食べなきゃダメよ。いい年した女の子が食いしん坊だとみっともないわよ。ママはね、味噌汁やキムチチゲは上手に作れないけど、パスタやサラダは美味しく作るでしょ？　それにケーキやクッキー、リゾットにポタージュスープ…」

母の料理は確かに絶品だ。材料費と時間と真心がこもっている分、味は最高である。しかし、ウンチャンはオシャレな洋食より、サムゲタンやサムギョプサル、チゲのほうが好きなのだ。

「え、指輪？　なんのこと？」

受話器を持ったままの母が突然、すっとんきょうな声をあげた。

「あ、あの指輪を私が？　誰がそんなことを？」

突然、母が立ち上がり、怯えるように部屋の中をうろうろし始めた。

「え？　ええ。もちろんあるわよ。当然じゃないの」

部屋の中を一周した母は、今度は床を這い始めた。母の顔は今にも泣き出しそうだった。

「ママ、どうしたの？」

「ええ、分かったわ。ちゃんと保管しておく。え？　いつだって？　5日後？　あら、大変なのね。ええ、そうするわ」

電話を切ったとたん、母はウンチャンを捕まえて聞いた。

「大変だ。ねぇ、指輪知らない？」

「なんの指輪？」

「見なかった？　どうしよう。全然思い出せないわ。指輪が、指輪が…」

「指輪がどうしたの？」

「私がはめてた指輪がないのよ。ダイヤモンドの指輪なんだけど、どこへ行ったのかしら!?」

2杯目

1ヶ月前、
ハンギョルの25時

Design cappuccino * a boy

1）午前9時50分、ドンイン食品本社にて

回転ドアの向こう側に、ぴかぴかに磨かれたロビーが見える。太陽の光を反射して眩しいほどだ。中に入ると、温かい笑顔が彼を迎えた。

「いらっしゃいませ。どちらへご用ですか？」

制服を着た若い女性の優しげな口調と、整った笑顔。まだ機内にいるような錯覚にとらわれる。

「会長室は何階ですか？」

「会長室ですか？」

「会長に若い恋人がいるってウワサ聞いてない？　俺がその恋人さ」

訓練された笑顔が一瞬崩れ、彼女はハンギョルの服装をすばやくチェックした。黄緑のスエードジャケットにネクタイ代わりのシルクのスカーフ、細身のパンツに合わせたハンチングキャップ。そんないでたちのハンギョルも、負けずに受付嬢をじっと見つめた。

「あ…あの、お約束は？」

「約束？　したっけ？　忘れちゃったよ」

「では、お名前を」

「専属マッサージ師だと言ってくれ」

「はい、少々お待ちください。すぐ確認いたします」

受付嬢が電話している間、ハンギョルは案内デスクにもたれたまま、社内を見回していた。その

時、けたたましい足音とともに何人もの男達がロビーを横切り、エレベーターホールに向かった。

ハンギョルの視野に、見覚えのある顔が飛び込んできた。

「マッサージ師だそうです。はい、分かりました」

慌てて受話器を置いた受付嬢に、ハンギョルが訊ねた。

「今日はなんの日？」

「はい？」

「おじさん達が群れで押し寄せてきてるからさ」

「ああ、グローバル経営の戦略会議がありますので」

「ここで？」

「11階の会議室でですが」

「10時から？」

「はい」

…しまった。完全にハメられた。

「会長室は23階です。エレベーターを降りて右に行かれるとすぐに…」

「お姉さん…」

彼女の胸に付けられたネームプレートを見て、ハンギョルは言い直した。

「君、ハ・ヤンチュンさん。あと10分ほどしたら、会長から電話があるはずです。そうしたらこう言ってください。会長の専属マッサージ師は指に痙攣を起こしたので帰ってしまいましたと。でも絶対にこっちから電話しちゃダメですよ。じゃ、頼んだよ」

「あの…」

ハンギョルはくるっと体を反転させてロビーを抜け出した。

「俺もバカだよな。あんな見え透いたエサに食いつくなんて」

そう呟きながら地下駐車場への階段を下りようとすると、下から声が聞こえた。今度も見覚えのある面々だった。仕方なくハンギョルはドアの後ろに身を隠した。

「今日の会議は見ものだぜ。爆発するかな？」

「バカ言うなよ。火と油じゃなくって火と水だぜ。爆発なんかしないさ。適当に言い合って終わるはずだ。爆発どころか、火は水を蒸発させようと、水は火を消そうとして、お互い力尽きるのさ」

「もうひとりいるじゃないか。ハンソン兄貴の母親がさ」

「だったらこっちからは、ボスが出るしかないだろ。叔父さんも火みたいな人だからな。迎え火を放つのさ」

「代表である叔父さんが出てきたら、おばあさんも出てくるんじゃないか？　兄貴はどう思う？　おばあさんはどっちにつくだろう」

「知るわけないだろ」

「おばあさんがハンギョルを呼び戻したってウワサもあるぜ」

「派閥争いじゃあるまいし、頭数を揃えりゃいいってわけじゃない。跡取りの長男は死んだんだし、その息子が会社を継ぐとも限らない。ここで言い争ったって一族の恥をさらすようなものさ。まったく、みっともないったらないぜ」

「ハンソン兄貴の立場からすると、手につかみかけていた王座を奪われて悔しい限りだろうよ。それにハンギュ兄貴は、せっかくつかまえた金づるを手放したくはないだろう。ハンギョルまで連れ戻すぐらいだもんな。うまくすれば、皆倒れて、俺達に幸運が巡ってくるかも知れないぜ」

「俺は経営者のイスなんてゴメンさ。とりあえずは、我が一族の異端児のハンギョルが引っかき回さないでくれればそれでいい」

従兄達の笑い声が遠ざかっていった。その声が聞こえなくなっても、しばらくの間ハンギョルは動かなかった。隠れている自分自身をあざ笑うかのように、体は固まったままだ。階段周辺は物音一つしない。ようやく踏み出したハンギョルの足音が大きく響く。その自らの足音に過剰に反応してしまったハンギョルは、強くこぶしを握りしめた。

異端児だと…？　この俺が？

ようやく駐車場に到着した時、一台の白い乗用車が入ってきた。キーを取り出してドアを開けようとしたハンギョルは、運転手と目が合ってしまった。

なんてこった…。

運転手はハンギョルのスポーツカーの隣に車を停めた。

「ハンギョルじゃないか」

ハンギョルは、笑顔で手を差し出した従兄のハンソンと、軽く握手した。

「久しぶりだな。兄貴、老けたんじゃないのか？」

「うるせえ、まだ30前だぞ」

「30になったら連絡しろよ。高齢者用住宅を予約しておくから」

「こいつ、憎まれ口は相変わらずだな」

ハンソンは、たくさんの従兄弟達の中で、ハンギョルが一番気楽に接することのできる相手だった。

もっとも遠ざけるべき相手であったが、ハンギョルは彼のことが好きだった。ハンソンも3年前と同じように接してくれた。宿敵と言わざるを得ないふたりだったが、お互いのことが大好きだったし、それを隠そうともしなかった。つまりふたりは、いつもケンカばかりしているが本当は仲のいい、悪友のようなものだった。

「いつ戻ったんだ?」

「さあな。何日前か何時間前か、もしかしたら、まだ飛行機の中にいるのかもな」

「おばあさんに会いに来たのか?」

「同じ家で暮らしてるんだぞ。わざわざ会社まで会いに来ないさ」

そう言うと、ハンギョルは決まり悪そうに、頭を掻きながら言った。

「…釣りエサにひっかかった」

「ハンギョルを釣れるエサって、一体なんだ?」

「おばあさん、ヘンな薬でも飲んでるのかな。日ごとにポーカーフェイスがひどくなる。『私に10分付き合えば車を1台買ってあげるわよ』なんて、平然と言うんだぜ」

「悪くない取り引きじゃないか」

「その取り引きに騙されてトラの穴に入ってみたら、タイミングよく、今日はトラたちが団体でツメを研ぐ日だったってわけさ。驚いて逃げだすところだよ」

「会社がそんなにつまらないか？」

「そのほうが兄貴たちにとって都合がいいだろ」

「そうとも限らないぞ」

「年寄りのゲームに興味はない。参加したくもないし」

「だったら、いっそ応援団長でもやるか？」

「そんなことより面白いことはこの世にたくさんあるんだ。兄貴も疲れたら休んで観戦しろよ」

時計を見たハンソンは、重そうな書類バッグを手にした。

「もう行かないと」

「遅刻の理由を俺のせいにするなよ。親父もハンギュ兄貴も、俺がここへ来たことを知らないんだ」

「会っていけばいいのに」

「遠慮しとくよ。それはそうと近いうち、おバカな女ギツネと一緒に呑もうぜ。知ってるだろ？一緒に帰国したんだ」

そう言ってハンソンの表情をうかがったが、彼は少しも表情を変えなかった。おばあさんのポーカーフェイスは彼にも遺伝しているようだ。

「どうなんだ？　知らなかったのか？」

「興味ないよ」

「冷たいんだな。〝氷のような男〟ってのもまんざらウソじゃなさそうだ」

「行くよ。時差ボケが治ったら電話してくれ」

「俺が？　それとも女ギツネ？」

「バカが」

車に乗り込んだハンギョルは、エレベーターを待つハンソンに手を振った。そして、駐車場を出ながら独りごちた。

「どいつもこいつもダサいネクタイしやがって。会社で支給してるのか？」

2）午後5時まで就寝

なにもせず、なにも食べずにただ寝てた。問題なし。

3）午後7時頃　飲酒

親友というほど親しくもないが、気を遣わなくていい友達とバーで合流。一滴も呑めないハンギョルに、誰かが強引に「帰国にカンパイ！」とテキーラを呑ませた。その後の記憶はナシ。

4）翌日 午前10時50分　女難

何度も寝返りを打ったハンギョルは、なにかに取り付かれたように目を覚ました。あまりにも急激に起き上がったので、頭がクラクラした。頭の中でハツカネズミが20匹ほど走り回っているようだ。ハンギョルは頭を抱えて、もう一度ベッドに倒れ込んだ。

「ううっ…」

自分の呻き声が頭に響く。どこからか話し声が聞こえてきた。ハツカネズミが会話をしているらしい。

「これはなにかしら?」

「サーモンサラダです」

メスが訊ねて、オスが答えているようだ。

「サーモンね。ふふっ、美味しそうだわ」

「では、ごゆっくり」

ドアの閉まる音がし、オスの声が消える。

ハツカネズミって、生ものを食べたっけ？　それにしても、いいにおいだ。魚のにおいではない、もっと甘いにおい。

「ねえ、起きてよ。ルームサービスで朝食を頼んだの。早く食べましょう」

何者かが肩をゆすっている。顔をしかめて目を開けたハンギョルは、眩しすぎるピンク色に眉をひそめた。視線を上に移すと、褐色の髪が見える。

「お前、誰だ？」

「なに言ってるの？　お・は・よ。先にシャワーを浴びる？　喉が渇いたでしょ。水を持ってくるわ」

ハンギョルはさっきのような頭痛を繰り返さないように、ゆっくりと上体を起こした。胃はムカムカし、まぶたは鉛のように重かった。相変わらず頭はガンガンするが、ハツカネズミの数は10匹ほどに減ったようだ。そっと首を回してみると、金縁のドレッサーにレトロなソファーとテーブルが見えた。そうか、ここはホテルなんだ…なんで俺がホテルに？

「ハンギョルさん、お水よ」

ニッコリ笑いながら水を差し出す可愛い顔をした裸同然の女。どこかで見た顔だが思い出せない。一応水は受け取って、一気に飲み干しながら考えを巡らせた。この女は誰だろう？

「あ！」

「思い出した？」

「なんで俺が君と一緒にこんなところに…」

「グッドモーニング」

そう言いながらハンギョルを抱きしめようとする女を押しのけて、彼はベッドを抜け出した。一瞬、めまいがしたが、かろうじて身を立て直した。

「まったくもの分かりの悪い女だ」

ハンギョルは後ろを向いて、すばやくズボンをはいた。

「耳が腐ってるのか？　それとも脳みそが腐ってるのか？」

「なんと言われても、私達の運命は変わらないのよ」

「運命だと？」

「あなたを初めて見た瞬間、私には分かったの。この人が私の運命の人だって」

「はぁ？」

「正直に話すわ。私、あなたに一目ぼれしたの。あなたが好きなの」

それを聞いて、ハンギョルはすっかり正気に戻った。心臓から溢れ出した熱い血が、急激に冷めていく。可愛いと思った第一印象さえ、ガラガラと音を立てて崩れていく。目の前にいるこの女が、親の敵のように憎らしかった。

正直にだと？　一目見た瞬間、運命を感じただと？　冗談じゃない。感情は化学記号じゃないんだ。なにに反応するのか、何者にも反応しないのか、誰にも分からない。そう、自分自身にさえも。

「それで、なにをどうしたいんだ？」

「ねぇ、とにかく食事をしましょう。お腹がすいたわ」

ハンギョルは、彼と腕を組もうとする女を冷たく突き放した。

「なにするのよ」

「くっつくなと、昨日から10回以上言ってるはずだ」

女は恨めしそうな顔で、突き放された腕をさすっていた。

「なにが望みなんだ？　嫌がってる俺に一晩中つきまとって、俺を苦しめる理由はなんなんだ？」

「私に触れられるのが、そんなにイヤ？」

「俺は女じゃないんだ。嬉しいのにイヤだなんて、ややこしいことは言わない。イヤだからイヤだと言ってるんだ」

「どうしてなの？　女に触れられて嫌がる男なんていないはずよ」

「それがどうした？　これ以上ひどい目に遭う前に、静かに帰ったほうがいい」

浴室に向かったハンギョルは、それでも動こうとしない女に冷たく言い放った。

「抱いてほしいのか？　それが望みなのか？　それともカネか？　現金はないが、カードならあるぜ」

ハンギョルはズボンのポケットから財布を取り出した。

「そんなこと言わないで」

「ドホンに電話してやるよ。君がドホンの妹じゃなかったら、髪の毛を引きずって外に放り出すところだぜ。そんな目に遭ってもまだ運命だと言えるかどうか気になるところだけど、ドホンに免じてガマンしてやる。俺がドホンに電話する前にさっさと帰れ」

「ふん、電話なさいよ」

驚いたことに、女はまったく動じなかった。それどころか、さっきより強気になっている。どういうつもりだ？　おとなしく帰ればいいものを。

「お兄ちゃんに電話してなんて言うつもり？　私がここにいる理由をどう説明するわけ？」

ハンギョルの視線が軽蔑に満ちていても、女は相変わらず涼しい顔をしていた。

「どうせならママに電話すれば？　あなたと寝たと知っても、ママなら叱らないはずよ」

「おい、正直に言えよ。本当は昨夜、なにもなかったんだろ」

「なにを言い出すの？」

「幻覚のような気がするんだ」

「よく言うわ。酔い潰れてなにも覚えてないくせに！」

言葉にできないほど腹が立っていた。朝っぱらからこんな小娘と言い合ってること自体、バカバカしくて苛立たしい。

「君が素っ裸でリンボーダンスをしてても、俺は君に興味を抱かないよ」

「だけど、昨夜は興味を感じてくれたわ」

「まるで詐欺師だな。運命だとか一目ぼれだとか、よくもそんなウソが出てくるもんだ！」

女はその場にしゃがみ込んだ。くちびるを噛みしめたかと思うと、瞳がうるうると濡れ始めた。

こいつの作戦などお見通しだ。

ハンギョルは溜め息をついて、いっそう冷淡に言った。

「もう一度だけ言うぜ。俺はな、酔った勢いで女に手を出すような男じゃない。万が一、昨夜本当に君に手を出したなら、この場で死んでやる。分かったなら黙って帰れ。帰らなかったら、パク医院の院長室に電話するぞ。それでもいいのか」

真っ赤に充血した女の瞳から涙がこぼれ落ちた。しかし、ハンギョルは知らん顔で浴室に入っていった。女の涙など見てもなんの感情も湧かない。どうせ、計算された演技に違いないのだ。

「あ、頭が…」

しかし、本当になにも思い出せない。マジで手を出してたりしたらどうしよう。

思い出そうとすると頭がガンガンする。それでも、なんとか思い出さなければならない。

しかし、思い出せるのは、友人たちより先にクラブを出て、エレベーターに乗ったところまでだ。

最初は数人でお喋りしていたが、気がつくとどんどん人数が増え、知らない顔がいくつもあった。その中にドホンの妹の友達って子がいたっけ。時間が経つにつれて、場は盛り上がり、酔った勢いで男女が絡み合い、寄り添う姿が目に付いた。ハンギョルはそんな雰囲気に嫌気が差し、ただ眠りたい一心で席を立った。その時、誰かが腕を組んできて、俺の口にショットグラスを近づけたんだ…。

シャワーを浴びたハンギョルは、コロンをふきつけてガウンを羽織った。タオルで頭を拭きながら浴室から出てみると、部屋には誰もいなかった。やっと帰ってくれたと安堵の溜め息をついた瞬間、リビングのほうから声が聞こえた。

「ハンギョルさ～ん、どこにいるの？」

さっきまで泣いていたことなどウソのように明るい声だ。ありえない。

「まだいたのか。何度言えば…」

そう言いかけたハンギョルは、思わず息を呑んだ。

そこにいたのは母だったのだ。

「お嬢さんは帰っていいわ」

「はい？」

「帰っていいと言ったの。私はこの子の母親なのよ。優先順位は私のほうが上でしょ。帰ってちょうだい」

「あ、初めまして」

「今頃、あいさつ？」

「では、失礼します」

女はしれっと部屋を後にした。ハンギョルは苦々しい笑みを浮かべた。女が出て行ったはいいが、一難去ってまた一難だ。まったくツイてないよな。今日は女難の日のようだ。

コーヒーの香りにひきつけられて、ハンギョルは食卓のほうへ向かった。美味しそうなルームサービスの朝食は冷めきっていた。ハンギョルはコーヒーカップに手を伸ばした。

「どうしてここが分かったんだ？」

「あんたの行くところぐらい、お見通しよ。あんたが通ってるバーや美容院、ホテルからサウナまで全部調べは付いてるわ」

「マザコンだと思われるじゃないか。黙ってても帰るのに、なぜここまで来たんだよ？」

「3年ぶりに息子が帰国したというのに、あんたと話をしたのはまだほんの数分よ。帰って来た日に食事をして以来、一度も顔を見せないなんて！　分かってる？　それ、コーヒーね？　いい香りだわ。私にもちょうだい」

ハンギョルはコーヒーとベーグルを母の前に差し出した。コーヒーカップを持つ母の指には、赤ちゃんのこぶし大のエメラルドが輝き、耳にも首にも大きな宝石がぶらさがっている。母は派手に装うのが大好きだ。それに、そんな姿がよく似合う。自分のルックスと雰囲気を熟知している母は、恐ろしいほど一生懸命に自分を飾り立てる。ジャングルのオウムのように派手に装い、つけまつげを付けて宝石をぶら下げて歩く。そうすることで、内面も輝くと思っているようだった。

「今の女は誰なの？」

「別になんでもないよ」

「あなたは女にだらしない子じゃないから、その言葉を信じるわ。万が一、なにかあったとしても私には隠さないわよね？」

「言いたいことは？」

「家に帰って来なさい。おばあさんと私と嫁だけじゃ怖いのよ。あの広い家に女3人だけなのよ。せっかく息子がふたりもいるのに、ひとりは会社に奪われて、ひとりはホテルに奪われて…。こんなことなら、あとふたりぐらい産んでおけばよかったわ」

「親父は？」

「忘れてたわ。あの人もいたわね。でも、ずっと会ってないからね」

「母さんが弱気なことを言うなんて珍しい。そろそろ気晴らしにショッピングでもしたほうがいいんじゃない？　香港にでも行っておいでよ」

「冷たい子ね」

ハンギョルは空のコーヒーカップをテーブルに置いて立ち上がると、ガウンのひもを結びながら、面倒くさそうな表情で言った。

「今日は家に帰るから、先に帰ってて。お飾りの社長でも、出社しないわけにはいかないだろ」

「そんな言い方！　あんたの代わりに社長室を守ってるのよ。会社にはいつから出てくるの？」

「行かないって言ったじゃないか」

ハンギョルはベッドルームに戻った。帰国後、家族と会うのを避けていたのも、このためだった。顔を合わせると、会社に来いと言うに決まっている。今回の帰国も半ば強制的なものだった。2年前、伯父が亡くなった後、父が会社を譲り受けると、ハンギョルは会社にとってなくてはならない存在になってしまった。父はどんな手を使ってでも彼を会社に縛り付けようとしたが、ハンギョルはそれを拒否した。怖かったのだ。あの殺伐とした孤独な戦場にこの若さで飛び込むなんて、絶対にイヤだった。

「あんたには欲ってものがないの？」

「ないよ」

「だったら、親孝行だと思いなさい。他の人がどんな悪口を言っても、息子のあんただけは父さんを理解して、助けてあげなきゃ」

「俺にそんな資格はないよ」

「なんてことを言うの？」

ハンギョルは革のジャケットを取り出して、母のほうに近づいた。

「おじいさんが、会社を伯父さんに譲りたがってたことは世間の皆が知ってるんだ。それを親父と兄貴が横取りした。そこに俺まで加わったら、なんて言われるか考えてもみろよ」

母のそばを通り過ぎたハンギョルは、クローゼットを開け帽子を探した。ところが、どこにも見当たらない。もう一度、ベッドルームに戻ってみると、母がドレッサーの前で帽子を手にしていた。

「昨日、おばあさんとの約束をすっぽかしたそうね」

「会議の時間に合わせて呼んだ、おばあさんが悪いんだよ」

「これを使いなさい」

母がバッグから取り出したのは最新モデルの携帯電話だった。

「現在地確認機能もついてるから、必ず持ち歩くのよ」

「…分かったよ。盗聴だけはしないでくれよ」

ハンギョルが携帯電話をポケットに入れるのを見て、母が言った。

「父さんがあんたを早々に結婚させるって言ってるわ」

「なんだって?」

「どちらかにしろって。結婚するか会社に入るか」

「母さん、冗談だろ?」

呆れた話だが、これが冗談ではないということを、ハンギョルは身をもって知っていた。ハンギョルの背筋が冷たくなる。

「冗談なんかじゃないわ。今日、会いに来たのもそのことを伝えるためよ。今日中に決めて返事をしなさい」

「そんなこと言われて、母さんは黙ってたのか？」

「私が父さんに口答えなどできるわけないでしょ。良妻なんだから、夫に従うだけよ」

「おばあさんも知ってるの？」

「もちろんよ。可愛い末っ子に似たひ孫を抱くのが楽しみだと、両手《もろて》をあげて大賛成よ」

「マジかよ」

言葉を失ったハンギョルを見て、母は声を上げて笑った。ハンギョルは心臓が止まり、息も止まって、血流さえも止まってしまったようだった。

俺を会社に引き込むために、こんな手まで使うとは…。まったく先が見えない。父と祖母が張り巡らせた大きな罠に、ハンギョルはまんまとはまってしまったのだ。車をくれるだなんて真っ赤なウソだったんだ。

会社か結婚かだと？　その選択肢の中に〝死〟を加えてくれ。

3杯目

仕組まれた犯罪？

Ice honey cinnamon latte

同窓会に行った母は、ドンオクおばさんの指輪をはめて帰ってきた。いや、仕方なくはめたまま帰ってきた。ところが、本人すら気づかない間に、本人すら知らない場所で、指輪は行方不明になっていた。その指輪は、ママにはサイズが大きかったのだ。ちょっとの間だけはめてみようと思っていたのに、そのまま帰ってきてしまったのは、祖母の訃報の連絡を受けたドンオクおばさんが、指輪のことなど忘れて、慌てて席を立ったからだという。新宇宙デパートの新館、ブランド宝石の陳列棚の3番目、その一番上でキラキラと輝いていた2・12カラットの天然ダイヤモンドの指輪。ドンオクおばさんが結婚22周年の記念に、ご主人と一緒にデパートへ行き、ふたりで選んで購入した400万ウォンを超える高価な指輪。その話を聞いていながら、母はその指輪をはめていることも、なくしたことも覚えていないという。

「ドンオクおばさんに正直に話せば？　おばさんちお金持ちだからさ…」

「ダメよ！　絶対に言えないわ」

「じゃあ、どうするの？　とりあえず話してから弁償するしかないじゃん。今すぐには払えないから、少しずつ払うと言ってよ。30年以上の付き合いなんだから、まさかすぐに返せとは言わないはずだよ」

「イヤよ、イヤ！　そんなこと言うぐらいなら、死んだほうがマシよ！」

「こんなことで死んでどうするの！」

朝から寝込んでいた母は、ついにオイオイと声を上げて泣き始めてしまった。

「もう！　ママったら、泣かないでよ」

「お姉ちゃん、冷たいこと言わないでよ。そんな言い方されたら、私でも死にたくなるわ」

食事をしていたウンセが割り込んできた。

「どうして正直に言えないのよ？　じゃあ、なにかいい方法があるわけ？」

「キャッシングでもすればいいじゃん」

「バカなこと言ってんじゃないよ」

「覚えてる？　前にドンオクおばさんちが倒産しそうになった時、ママったら冷たくしたじゃない。あの時、おばさんからの電話には出なかったし、訪ねて来ても居留守を使ったわ。あの時のおばさんの気持ちが分かる気がする」

ママが一番思い出したくないことを、こんな状況で平然と口にするなんて、それでも実の娘なの!?

「ドンオクおばさんちが大変だった時は、うちがまだ裕福だったのに、冷たくあしらったんでしょ。そのバチが当たったんだわ」

「やめな！」

ウンチャンがウンセの口をふさいだ。その時、寝込んでいた母が突然立ち上がると、いきなり押入れを開けた。中からミンクのコートが現れた。

「これを売るしかないわ」

ウンセの口から手を離し、今度はママを止めようとウンチャンが飛び出した。

「ママ、落ち着いて。ちょっと座って」

「これを売るしかないのよ。パパが死ぬ前に買ってくれたもの…、真珠のネックレスもルビーの指輪も、アクセサリーは全部売っちゃって、高価なもので残ったのはこのコートだけだけど、仕方ないわ。あなた、ごめんなさい。これも売ってしまうわ。ああ…」

「ママ、な…泣かないでよ。え〜ん！」

ママの泣き声にウンセまで合流し、ふたりして床を叩きながら号泣している。

「これは売っちゃダメよ。ママの誕生日に買ってくれたものでしょ？　ママがこれを着てるのを見て、パパがどんなに嬉しそうだったか。ママに贅沢させてやると言った約束を、やっと果たせたと喜んでたのよ。だから絶対に売らないで」

売ればいくらになるかと、心の中で計算していたウンチャンは、すぐに自分を恥じた。悲しそうに泣きながらパパの思い出話をするウンセを見て、ウンチャンの胸もキリキリと痛んだ。パパの遺言を思い出したのだ。交通事故に遭い、血だらけのまま病院のベッドに横たわっていたパパが、ウンチャンの手を握りながら言った。

「チャン、これからはお前がこの家の家長だ。ママとウンセを頼んだよ。パパはチャンを信じてるぞ」

ムリだとは言えなかった。手を握り返して約束するしかなかった。そして、パパとの約束を守るために必死に働いてきたのだ。

ウンチャンはミンクのコートを再び押入れに戻した。毛皮を少しでも汚したら、クリーニング代もバカにならない。

「僕がなんとかするよ」

「どうやって？」

「お姉ちゃん、へそくりでもあるの？」

そんなわけないだろ。あんたのバッグや靴や洋服を買うためにすっからかんだっちゅうの。

「少しならね」

「マジ？　だったら最初から言えばいいじゃない。出すのが惜しかったのね、ケチなんだから。泣いて損したわ。ママ、安心して。お姉ちゃんが弁償してくれるって」

「本当なの？」

通帳にあるのはたったの42万ウォンだとは言わなかった。5日後に来るはずのドンオクおばさんに泣きつくつもりだとも言わなかった。ただ、両手を握りしめて、こう言うしかなかった。

「ママにしっかりしてもらおうと思っただけさ。僕にだってそれぐらいのお金はあるよ。ママ、僕に任せて。なんとかするから」


踊りが上手いわけでもなく、笑顔を振りまくわけでもない。だが、なぜかハンギョルは目立つ存在だった。登場するだけで、その場にいる人の視線を独占してしまう。個人用のスポットライトを照らしながら歩いているような、華がある男だ。

雨がしとしと降り続く冬の日、彼の行きつけのバー〝ハイウェイ〟には、彼を取り巻く何人もの女性がいた。彼はノンアルコールのビールを呑みながら、憂うつそうな表情でピアニストを見つめていた。だが、取り巻きの美女達は、どの娘も負けじと彼のそばを離れなかった。夜が更けて、彼が席を立つと、そのうちの誰かが、待ち構えていたように腕を組んだ。しかし、彼はそんな女の腕を黙って振り払う。

ユジュは、女達を振り払って歩き出すハンギョルを見つけた。彼の名を呼び、一口呑んだバドワイザーを、近づいてくるハンギョルに差し出したが、彼は首を横に振って受け取らなかった。

「どうしてこんな店に入り浸ってるの？」

「気に入らないのか？」

ノンアルコールビールを追加して席に着いたハンギョルの体から独特なにおいが広がった。汗と熱気が混ざったその香りを、ユジュは嫌いではなかった。

「お酒が好きなわけでもないし、女をナンパするつもりでもなさそうだし」

「そんなことないさ」

「そう？　そのわりに…」

「どうして周囲に女がいないのかって？」

「そういう意味じゃないけど」

「特定の女がいたって足かせになるだけだ。俺はもう少し人生を楽しみたいのさ。短い青春だぜ。

精一杯楽しまなきゃもったいない」

「それを悟っちゃったなら、もう青春は終わってるかもよ」

「バカ言うなよ。だったら、もう俺は中年ってことか？」

「あら、怖いの？」

「当たり前だろ。喜んで老いていくヤツがいるか？　おバカな女ギツネさんは怖くないんですか？」

「私？　そうね…。明日が怖いことはあるわ。明日が来なかったらどうしようって。その怖さを忘れるために、がむしゃらに働いてるのかも」

背の高い女が香水の香りを撒き散らしながら通り過ぎた。黒いストレートのロングヘアは腰まで届いていた。それに反して、スカートの丈はぎりぎりでお尻がやっと隠れるほどしかない。ユジュは、彼女の視線がハンギョルに向けられたのを見逃さなかった。ハンギョルは女に視線を送りながら言った。

「君は大丈夫さ。10年後も20年後もきっとキレイなままだよ」

突然、そう言われてユジュは顔を赤くした。ハンギョルは、誰にでも歯の浮くようなセリフを言えるような男ではない。それに、久しぶりにそんなことを言われて、悪い気はしなかった。

「いい男に褒めてもらえて嬉しいわ。帰国歓迎のプレゼントだと思ってありがたく頂くわね」

その時、ハンギョルの友人のパク・ドホンが現れた。

「こんなところでなにやってんだ？　中で皆待ってるぞ」

「個室なんて息苦しくてイヤだよ。皆に出て来いって言えよ」

「お前ひとりのために、大勢に動けって？　相変わらず自分勝手なヤツだな」

「ちょっと、私のことは目に入ってないの？」

「あれ、ユジュ先輩だったの？　俺はまた、こいつがナンパでもしたのかと思ってたよ。先輩があんまりキレイだから気づかなかった。マジで妖精だと思った」

「相変わらず口だけは達者なのね。久しぶりね、ドホン。元気だった？」

「もちろん。先輩は見ただけで元気なのが分かるよ。肌がツヤツヤしてるもの。何かいいことでもあったんでしょ」

「久しぶりに帰国したからね。皆集まってるなら、私達が移動しましょう」

「いいよ、先輩だけ来てくれれば。俺達、こんなヤツの顔を見に来たんじゃないからさ。こいつが帰国しようが、宇宙に旅立とうが、興味ないんだ。先輩の帰りだけを首を長くして待ってたんだよ」

ドホンの言葉を遮るように、ハンギョルが訊ねた。

「兄貴は来てる？」

「兄貴って誰のこと？」

ハンギョルはチラッとユジュを見た。それだけで、ドホンは誰のことを言っているのか悟り、答えた。

「連絡したのか？」

「電話したら会議中だったからメモを残したんだけど、秘書が渡さなかったのかな」

ハンギョルは上手く言いつくろったつもりだが、ユジュは信じなかった。

電話をかけた時、ハンソンは来るとも来ないとも言わなかった。それでも、ハンギョルは彼が来ると信じていた。くだらないことに時間を浪費するような男ではないが、男のプライドを保つために、必ず来るだろうと思っていた。あえて平然と現れて、戸惑うユジュをあざ笑うはずだと…そうしてでも、ユジュが背負っている罪悪感を払拭してやりたかったのだ。

数十分後、ハンギョルは、ユジュと仲間がいる部屋に、ミニスカートの女を連れて入っていった。最初は驚いていた仲間たちも、彼女のダンスに熱狂した。そこへ、彼女の友人までが合流して、個室内の熱気は爆発寸前にまで達していた。

午前0時が近づいた頃、ユジュがバッグを持って部屋を出た。人知れず抜け出そうとしたユジュを、ハンギョルが追いかけた。

「もう帰るのか?」

「ええ、疲れちゃった」

そう言って俯くユジュがハンソン兄貴を待ってたことを、ハンギョルは直感的に見抜いた。

「送るよ」

「いいわ。タクシーで帰るから」

ハンギョルは黙ってユジュの手を引いた。細すぎる手首だった。初めて出会った時のことが思い出された。8歳の時、10歳のユジュと初めて会った。あの時も指と手首がとても細いのに、驚いたのだ。当時のハンギョルに嫌いなものを訊ねたら、迷わず牛乳とピアノと父親だと答えただろう。

身長なんて伸びなくてもいいと言うのに、無理やり牛乳を飲まされた。ピアニストになんてなりたくないのに、毎日ピアノを弾かされた。そして、そのすべてを強要する父が、一番嫌いだったのだ。

その日は、2年間黙って弾いてきたグランドピアノの鍵盤に、牛乳をぶっかけたことで、父に激しくぶたれていた。そんな時にふいに部屋に入ってきた可愛いお客様。みっともない姿を見られてしまい、部屋に逃げ込んだ。怒りと恥ずかしさで涙が止まらなかった。だけど、その可愛くて、ハンギョルより背の高いお客様は優しい目をして部屋に入ってきた。

「私の弟になる？」

ハンギョルはきょとんとした目でユジュを見つめた。

「弟になったら、お薬を塗ってあげるわ」

手にした軟膏を見せながら、まるで自分が叱られていたかのようにくちびるを噛みしめて立っていた。弟になると言わなければ、今にも泣き出しそうな表情で……。

「待ってろ。車を回すから」

「大丈夫、ひとりで帰れるわ」

「酔っている君をひとりで帰せるか」

「じゃあ、そこで缶コーヒーを買ってくるわ」

「いらないよ、缶コーヒーなんて」

「私が飲みたいの」

ハンギョルが駐車場へ行ってる間に、ユジュは向かい側のコンビニに入った。車をコンビニの前に停めて、中に入ろうとした瞬間、ユジュが両手にコーヒーを持って店を出てきた。その時、突然、1台のバイクがスピードを落とさないまま走ってくると、ユジュが手首にかけていたバッグをひったくったのだ。

「キャー！」

悲鳴を聞いて、ハンギョルは急いで駆け寄った。コーヒーを持ったまま、ユジュはバランスを崩して尻もちをついた。

「ユジュ、大丈夫か？　ケガはない？」

ハンギョルは、真っ青になって震えているユジュを抱きしめた。その時、1台のスクーターが、ふたりの前を通り過ぎた。

「こらぁ、待て！」

大きな声が夜の通りにこだました。ひったくりのバイクを追いかけるスクーター。そのボックスには、キラキラ光る文字で〝夜食配達〟と書かれている。

「ユジュ、とりあえず乗って」

「大丈夫よ。ケガはないわ。少し驚いただけ」

ハンギョルに支えられて、ユジュは作り笑いを浮かべた。

「ああもう！　あのバッグ、パリで買ったのよ。気に入ってたのに、もったいないわ」

「まったく女ってのは…。あんなバッグ、俺がまた買ってやるよ」

「本当ね？　約束だからね。もう言い逃れはできないわよ」

車に乗り込もうとしていたユジュが突然固まった。表情は氷のように青ざめ、目には衝撃が走った。その視線の先には予想通りひとりの男が立っていた。

ハンソンだった。

「遅かったな。今頃来たのか？」

「帰るのか？」

「そのつもりだったが、ちょっと問題があって」

突然、騒々しいサイレンの音がしたかと思えば、さっきのバイクがこちらに向かって来ていた。その後ろにはスクーターが、そして、それを追うようにパトカーが走って来る。突進して来たバイクから「チクショウ！」と声がすると、ユジュのバッグが飛んできた。驚く間もなく、ハンソンがバッグを受け取った。ハンギョルは反射的にバイクを追った。

「ハンギョル！」

「こら！　待ちやがれ！」

犯人を捕まえようと、久しぶりに全力疾走するハンギョルのそばを、スクーターがガタガタと音を立てながら通り過ぎていく。

ハンギョルを追い越したスクーターの運転手が、ヘルメットを脱いだ。片手にヘルメットを持ったまま、前を走るバイクに向かって投げつけた。放物線を描いて投げ出されたヘルメットは、ひったくり犯の背中に見事的中した。バイクが倒れ、ひったくり犯も地面に叩きつけられた。しかし、ケガはなかったようで、すぐに立ち上がるとバイクを立て直そうとした。夜食配達のスクーターが、そこに突進する。そして、スクーターから飛び降りると、そのまま５４０度回転蹴りを食らわせた。

なかなかやるじゃないか。自分がひったくり犯を捕らえられなかったことを少し残念に思いながら、ハンギョルはゆっくりと犯人に歩み寄った。久しぶりに走ったので息が上がる。

タバコをやめたほうがよさそうだ。

夜食配達員の青年が、倒れたひったくり犯の胸ぐらをつかんだ。ふたりで押し問答をしているようだ。ところが、どういうことか、ハンギョルとパトカーが到着した時には、ひったくり犯の姿はなく、青年だけがそこにいた。一瞬の隙をついて、ひったくり犯はバイクを置いたまま逃げ出したらしい。しばらくして、ハンソンとユジュがやってきた。

「ケガはありませんか？」

警察官の質問に、頬から血が流れているにもかかわらず、その青年は頷いた。警察官はユジュに訊ねた。

「盗られたものは？」

「ありません」

「他に被害は？」

「いえ、なにも。少し驚いただけです」

「バイクが残ってるから、犯人はすぐに捕まりますよね？」

ハンギョルの問いに、警察官は面倒くさそうに答えた。

「さあね。偽のナンバープレートかもしれないし、盗品かもしれないから…。最近は中国あたりから不法に入ってきて、登録されてないバイクでのひったくりが多いんですよ」

それなら、追いかけるべきだろ？　警察官のくせに、犯人を追わずに、被害者の事情聴取を優先させるなんて。呆れて言葉も出ない。

「それで、捕まえる気はないと？」

「そういうわけじゃなくて、捕まえるのは難しいってことです。あの手のヤツらは、ほとんどが無免許の未成年者なんでね」

「それがどうしたんだ！　犯人を捕まえるのが警察の仕事だろ」

「ハンギョル、やめろ」

ハンソンがハンギョルの腕をつかんだ。警察官の表情が歪んでいる最中も、夜食配達員の青年は、壊れたヘルメットを元に戻そうと躍起になっていた。

「おい、君」

「はい？」

警察官がスクーターに乗ろうとする青年を呼び止めた。

「顔を見てないか？」

「暗くて見えませんでした」

「そうか。後でどこか痛いところがあれば連絡しろ。褒賞金でも払ってやるよ」

「あ、そうだわ」

ユジュが戻って来たバッグから財布を取り出して、夜食配達員にあいさつをした。

「ありがとう。おかげさまでバッグが戻ったわ。少ないけど、お礼です」

「いいえ、そんな。結構です」

「ちょっと待て」

ハンギョルは射るような目で、夜食配達員を睨みつけた。

どうも怪しい。捕まえていたひったくり犯を逃がしたこともそうだし、他人のことに首を突っ込んで、ヘルメットが壊れ、ケガまでしたというのに、謝礼を断ることもそうだ。犯人がバッグを素直に返したことも、犯人と配達員の年が近いことも怪しかった。

もしかして、逃げた男とコイツはグルなのでは…？

パトカーから無線の音が聞こえた。その音につられるようにパトカーは去ってしまい、ハンソンはユジュを連れて車に乗り込んだ。ハンギョルは夜食配達員を呼び止めた。

「明日、ここに電話しろ」

ポケットの中に入っていた紙切れに電話番号を書いて渡した。

「謝礼をしたい」

「いえ、そんな…、結構ですから」

夜食配達員は、自分の息で前髪を吹き上げた。明らかに不愉快だという表情だ。

「1ヶ月のバイト代は？」

「はい？」

まん丸い瞳に火花が散った。

「そんなこと聞いてどうするのさ」

こいつ、チビのくせに生意気に俺を睨みやがったな。ハンギョルは一発ぶん殴ってやりたい気持ちだった。

「1ヶ月分のバイト代を出してやるから電話しろ。遠慮などいらない。謝礼金をもらうのは当然のことだ」

ハンギョルは50ccのポンコツスクーターを見て、鼻で笑った。

「今時こんなの、どこに売ってんだ？　文房具屋か？」

「なんだって？」

「こんなポンコツでも修理できるのかな？　修理代もヘルメット代も出してやるから、とにかく電話しろ」

ハンギョルが紙切れを差し出した。絶対に受け取らないぞという表情に反して、案外あっさり手が出た。その手を見て、ハンギョルはメモを持つ手に意地悪く力を込めた。しかし、力では相手も負けてなかったようで、あっという間にメモを奪われてしまった。ガタガタと音を立てながら走り去るスクーターを見て、ハンギョルはあざけるような笑みを浮かべた。

見てろよ。俺がふたりとも捕まえてやる。

ウンチャンは鏡を見ながら、顔に絆創膏を貼った。

「ムカつくヤツ！」

せっかく見つけたアルバイトだったのに、たった1日でクビになってしまった！

配達に時間がかかり過ぎると、お客様からの苦情が殺到し、その上、ヘルメットは割れ、スクーターまで壊れてしまった。クビになるのは当然だ。これも全部、あの男のせいだ。ウンセを追い回すゴリラ男。大胆にも大通りでひったくりなんかするとは。たまたま女性のバッグをひったくる現場を目撃し、怒りを覚えて追いかけてみると、犯人はなんと、ウンセを追い回していたあのゴリラ男だったのだ。彼の顔を見た瞬間、驚きとともに、なぜか彼が不憫に思えた。ウンセにふられ、10人前分のジャジャン麺代を払い、その上警察署に連行されたら、こいつの人生はどうなるんだろう。しかも、高3だ。1年留年してまで学校に通っているのを見ると、なんとしても高校を卒業したいと思っているようだ。

「こんど見つけたら締め上げてやる。二度とあんなバカな真似はできないように」

そう呟きながら、耳の上のハゲを隠すように帽子をかぶった。鏡の前に立って自分の顔を見た瞬間、もう一つのムカつく顔が浮かび上がった。

「超ムカつくヤツだよな。人をバカにしやがって。スクーターが文房具屋で売ってるわけないだろ。サイテー男め。お前みたいに憎らしい男は初めてだ」

電話番号の書かれた紙をヤツの顔に投げつけてやれれば、どんなにいいだろう。しかし、ウンチャンは、お礼の言葉すら言わずに謝礼金のことを口にした男の電話番号を受け取るしかなかった。メモを見た瞬間、ママのミンクのコートが脳裏に浮かんだのだ。

ウンチャンは、ポケットに入れてあったメモを取り出した。帰って来てから気づいたが、電話番号の書かれた紙切れは、写真だった。とてもキレイで清純そうな女性が写っていた。

恋人だろうか？　恋人の写真を見ず知らずの人に渡しちゃうなんて、いい加減な男だ。1ヶ月分のバイト代。その言葉さえ聞かなければ、こんなメモは受け取らなかった。あの男、1ヶ月のバイト代がいくらだと思っているんだろう。

ウンチャンは大きく深呼吸をすると、携帯のボタンを押した。どこかで聞いたことのあるピアノのメロディーが流れてきた。思わずそのメロディーを口ずさんでいると、突然音楽が止まり、奇妙な声が聞こえてきた。

「ハア、ハア、も…、もしもし」

「！！！」

息が荒い。

「誰だ？」

今度はかすれた声。まるでゾンビのようだ。

「あ、あの」

「掛け間違えたのか」

「え？」

サイテー男は、いきなり電話を切ってしまった。ウンチャンは呆れて携帯を見つめた。

「一体なんなの！　サイテー！」

サイテー男よりも、自分自身に腹が立った。誰かと聞かれた時、なんと答えていいか分からず、口ごもってしまったからだ。それより腹が立つのは、もう一度電話をかけなきゃいけないという事実だ。

ウンチャンは気持ちを落ち着けて、リダイヤルボタンを押した。音楽が途切れて、憎らしい声が耳をえぐった。

「またお前だったらぶっ飛ばすぞ」

電話の受け方も知らないのか。ウンチャンは苦々しい表情で切り出した。

「謝礼金の件ですけど」

「なんだと？」

「謝礼金です」

堂々としなければ。今はそうするしかない。恥ずかしいことなどない。バイトをクビになったのだ。当然もらうべき謝礼金なんだ。そう、堂々としていよう。

「あ！」

男はようやく思い出したようだ。

「スクーターの？」

「はい」

「謝礼金がほしいのか？」

なんだって？　どうせこんなことだと思った。

「ど、どうしてもって訳じゃないけど、おじさん《アジョシ》がメモをしてくれた紙は写真だったんです。返したほうがいいような気がして」

できるのなら謝礼金などいらないと言って、今すぐ電話を切ってしまいたい。

「…」

「昨日のことで、店をクビになったんです。ヘルメットもスクーターも全部壊れちゃって」

「あ、頭が痛い…」

「え？」

「なんでもない。それで、いくら必要なんだ？」

「400です。それに、ちょっと誤解なさってるようですけど、謝礼金の話はそちらが先に持ちかけたんですよ。別にくれなくてもいいけど、とにかく昨日、職を失ったんです。1ヶ月分のバイト代を払ってくれると言ったじゃないですか。自分の言葉に責任を持ってください」

「責任だと？」

「責任とまでは言いませんけど…。とにかく、電話しろと言ったじゃないですか」

卑屈になる必要はない。正当な代価を請求しているんだから…。しかし、そうは思えなかった。ドンオクおばさんの指輪のことがなければ、ウンチャンは「このクソジジイ！」と憎まれ口を叩いて受話器を置いていたに違いない。

「まさか本当にかけてくるとはな」

「え？」

「今から来い」

「どこにですか？」

本当にもらえるかどうか確信はない。だが、ウンチャンには他に選択肢がなかった。行くしかない。期待と絶望の中で、ウンチャンは男の返事を待った。

「ドンインホテルＳ11号室」

4杯目

S11号室でなにがあったのか

Design cappuccino * a frog

ウンチャンはホテルに入るのは初めてだった。もちろん、一番眺めのいい場所に、別館というものがあるなんて、知る由もない。ホテルのスタッフに案内してもらわなければ、間違いなく迷子になっていたはずだ。スタッフの女性が案内してくれたＶＩＰ用の特別室〝Ｓ11号室〟は、深い森の中にあった。

スタッフがベルを押すと、軽快な呼び出し音が鳴った。しばらく待ったが応答がないので、もう一度押してみた。それからまたしばらくして、やっとドアが開いた。上半身裸のままの男を見て、ウンチャンは驚いて後ずさりしたが、スタッフは慣れたような態度で彼に告げた。

「お客様をお連れいたしました」

ウンチャンは目のやり場に困って下を向いていた。

「イケてるファッションじゃないか」

そうかな？　ウンチャンは戸惑いながら自分の服装を眺めた。

「ぞうきんブランドか？　それともボロブランド？」

なんだと！

「入れ」

男はタオルで髪を拭きながら、部屋の奥に入っていった。スタッフがウンチャンに「どうぞ」と言ったが、すぐにでも逃げ出したい気分だった。実はひったくり犯と知り合いで、わざと逃がしたことがバレたら、タダでは帰してもらえないだろう。今までの言動からして、温情などというものは一切持ち合わせていない部類の人間のようだ。警察に突き出されるかもしれない。不安でもあり、不本意でもありながら、謝礼金までもらいに来た自分が情けなくもあり、良心の呵責《かしゃく》さえ感じる。男の裸など、道場で毎日見ているのに、今日はなぜ目をそらしてしまうのだろう。

「どうぞ、お入りください」

「あ、はい。どうも」

スタッフに再度促され、遠慮がちに部屋に入ろうとすると、中から男が叫んだ。

「おい、コーヒーを頼む」

「承知いたしました」

そう答えると、スタッフはドアを閉めた。しかし、なぜか密室にしてはいけないような気がして、ウンチャンは再びドアを開けた。10センチほど開けておけば安心だ。あれぐらいの男なら軽くやっつける自信があったが、なぜか用心深くなっていた。

〝S11号室〟は、ウンチャン一家が暮らしている部屋よりも、ずっと広かった。めちゃくちゃ広いじゃん！　あのサイテー男はどこだ？　広すぎてなかなか見つからない。それに、じゅうたんからカーテンにソファー、装飾品や照明に至るまで、すべてが派手すぎて目がチカチカする。

「なんで来たんだ？」

なんでって、どういう意味だ？

「地下鉄に乗って来ましたけど」

男がにやりと笑った。どんなふうにすれば、あんなに憎らしく笑えるのだろう。

「最近の若いヤツらは根性が座ってるのか、怖いもの知らずなのか。配達だけしてりゃいいものを、なんで人のことに首を突っ込んだんだ？　自分のことをヒーローだと勘違いしてるのか？　それとも市長から感謝状でももらうつもりか？　いや、カネをもらいにここまで来たってことは、市民のために犠牲を払ったなんてキレイごとじゃなさそうだな。いいから座れよ、チビ」

来なきゃよかった。だから、来たくなかったんだ。

まるでホストみたいな整った顔をして、あんなトゲのある言葉を口にできるなんて。

切れ長で涼しげな目、三角定規のように高い鼻。それにくちびるにはマシュマロのような厚みがあり、まるでジュード・ロウだ。肌の色はよく焼けた干物のようにこんがりと…。ああ、焼いたサンマが食べたい。とにかく、色男特有のムカつく顔立ちだ。身長は180センチぐらいだろうか。

「さっさと座れよ」

ウンチャンは男を睨みつけながらソファーに腰掛けた。男が下半身にまとっているのがタオル1枚だと知った時から、腹が立つやらカッカするやらでなにがなんだかわからない。とにかく、1秒でも早くこの部屋から出ることだけを考えながら、テーブルの上に飾られた一輪挿しの花を見つめていた。

「お前、高校生だろ」

なんだと？　呆れて男の顔を見ようとしたが、姿が見えない。

「何年生だ？　授業は？　サボったのか？　それとも退学か？」

声がするほうに目を向けると、ガラス越しに男のシルエットが見えた。すりガラスの向こうに、男のヒップラインが透けて見えた。肌色だった。ってことは…！　人前で堂々とパンツをはき替えるなんて、こいつ、なにを考えているんだろう。

ウンチャンは赤くほてった顔を手であおぎながら、下を向いて怒鳴るように返事をした。

「違います」

「なにが違うんだ？」

「高校生じゃない」

「じゃあ、まさか中坊？」

「違います。24歳です」

「おい、冗談はよせ。騙せると思ってるのか？」

上半身は裸のままだ。どうせならちゃんと服を着てから出てくればいいのに、裸にジーンズ——しかも骨盤が見えるほどのローライズ——だけの姿で、人前に出るヤツがあるか！

「いい年頃だな。年をごまかしてまで大人扱いしてほしいのか」

男は部屋の前に立ったまま、腕時計をはめていた。ジーンズの次に身につけるのが腕時計？　性格だけじゃなく、服を着る順序まで変わっている。

「夜食配達員だったよな。昼間はなにをしてるんだ？」

「関係ないでしょ」

「チビのくせに生意気だぞ」

「ところでおじさん、初対面なのにタメグチはやめてください」

「おじさんだと？」

「明らかに年上でしょ？　いきなりタメグチなんて失礼ですよ」

「ほう、お前は礼儀正しそうだな。勤労少年さんよ。ところで、逃げたヤツは何歳だ？」

「20歳です」

シマッタ！　ハメられた！と思ったが、後の祭りだ。なんてことを…。

「し、知りませんよ。知るわけないでしょ」

今さらなにを言ってもダメだ。あざけるような表情が、祖国独立のために戦う戦士に拷問を加える憲兵のようだった。殺されても秘密は言えない。私の願いは一にも二にも祖国の独立なのだ…、そう言うべきだったのに、絶対に言ってはいけなかったのに、いとも簡単に白状してしまった。それでも、なんとか収拾しようと、ムリに笑いながら言った。

「だから、その…、20歳ぐらいに見えたってことです。年齢を当てるのは得意なんです。ハハハ」

「騙せると思ってんのか？　もう少し上手にウソをつけよ。女みたいな顔しやがって、やることはチンピラだな」

怒りが込み上げてきた。〝女みたいだ〟と今まで数百回も言われたが、今日ほどムカついたことはない。なぜなら、なぜなら…。

ウンチャンはれっきとした女だからだ。普段は女だなんてまったく意識しないし、時折自分でもどっちだか分からなくなるが、間違いなくウンチャンは女なのだ。それなのにこの男は、ウンチャンのことをみじんも女だとは思っていないような表情だ。疑ってもいない。別に女だと思ってもらわなくてもいいし、思ってほしくもない。それなのに、なぜか妙に腹が立った。

…もういい、好きなように思い込めばいい。今ここで女だといったら、どんな顔をするか、どんな言葉を発するかものすごく気にはなるけど、ここで「私は女です」なんて言うのは、言い訳がましくてみっともない。

「もしかして、あの警察官も仲間か？　警察官まで買収して俺達を騙したのか？」

瞬間、ウンチャンの怒りが大噴火を起こした。黙って聞いてればいい気になりやがって！　その舌を引っこ抜いてやりたい！

あまりにも腹が立って、一瞬もここに座っていたくない。とにかく、謝礼金もなにもいらないから、この場から逃げ出したかった。ところがその時、予想外の事故が発生した。

勢いよくソファーから立ち上がったウンチャンの肩が、水を飲んでいた男のグラスにぶつかったのだ。

口に入るべき水が、男の胸元に流れ落ちた。

ウンチャンはとっさに手を伸ばした。男の胸を流れ落ちる水を拭こうとしたのだが、拭くものがない。不本意ながら、素手で裸の胸に触れるハメになってしまった。ところが、手のひらが男の胸に触れた瞬間、この体勢はマズイということに気づいた。男もウンチャンもそのまま固まってしまった。その時、悲鳴のような声が聞こえた。

「なにしてるの！」

男の胸に手を触れたまま、ウンチャンが振り向いた。そこには、見てはいけないものを見てしまったような表情をした女性が、両手で口を押さえたまま驚愕の表情で立ちすくんでいた。

「男同士で何してるの?」

くたびれたジーンズにフードつきのジャンパー、それに大きすぎる野球帽をかぶって現れた時は、その辺の不良少年だと思っていた。ところが、スーツを着てネクタイを締めた姿は、不良のそれとはまったく違っていた。スーツのデザインが少し時代遅れだが、それなりの美少年だ。コ・ウンチャン。自称24歳だが、せいぜい21か22歳ぐらいだろう。雇用契約書に書いた住民登録番号もニセモノに決まっている。こいつの人生そのものがすべてウソにまみれているのだから。

170センチほどの背丈にヤセ型の骨格。肌の色は白く、目はまん丸くてくちびるの色素は驚くほど赤い。人気アイドルグループのメインボーカルに似ている。最近では、一見、女に見えるほどの美少年が人気の的だが、ウンチャンもその部類だ。黙って座っていると妙な気分になる。美少年好きのディックが見たらヨダレをたらすだろうな。

ハンギョルはレストランに入ってくるウンチャンを熱いまなざしで見つめていた。真正面に座っている女が気づくほど熱い視線を、わざとらしく送っていた。ついに女が隣のテーブルに座ったウンチャンに視線を移した。

「あの男の人とお知り合いですか?」

「そのようです」

「じゃあ、ごあいさつなされば？　私は平気ですから」

あのダボダボのスーツはなんだ？　どうせならサイズの合うのを着ればいいのに。

「今、考えてる最中なんです。あいさつするべきかどうか」

「なぜ？」

まったく時代遅れだぜ。懐メロ特集じゃあるまいし、あの幅広のネクタイは勘弁してくれよ。

「ちょっとワケありで」


上半身裸で美少年と寄り添うハンギョルを見たドホンの妹は、ゲイだホモだと大騒ぎを始め、そういうコトだったのね！と泣きわめきながら逃げ出した。母になにを言われてもホテルに入りびたり、ハンギョルを困らせていた女が、ウンチャンと一緒にいるのを見て、慌てて逃げ出したのだ。

その後ろ姿を見て、ハンギョルの頭の中で、あることがひらめいた。

結婚だって？　できるもんならさせてみろ。

ハンギョルはウンチャンに提案した。

「お前、俺の恋人になれ」

この突拍子もない提案にウンチャンは驚きもせず、図々しくもバイト代の先払いを要求した。ひったくり犯とグルだったことがバレたというのに、謝礼金の2倍の金額を要求してきたのだ。あの時、謝礼金を払うなんて言わなきゃよかったと、ハンギョルは舌打ちをした。警察に引き渡さないことを条件に、いくらでもこき使えたというのに！

「あんなタイプの男はどうですか？　最近は女性っぽい雰囲気の美少年が人気だそうですが」

「私は好きなタイプじゃないわ」

今日の見合い相手は、ひどく猫をかぶっている。本性がバレないよう、過度に言葉を控えている。退屈であくびが出そうなほどだ。その時、ウェイターがウンチャンのテーブルに向かうのが目に入った。口の動き方で、ウンチャンがBコースを注文したことが分かった。

「ちょっと失礼」

ハンギョルが慌てて近づいたが、ウェイターはすでに注文を受けた後だった。

「コ・ウンチャン！　こんな場所で会うなんて奇遇だな」

明るい声で話しかけたが、表情は明らかに怒っていた。険しい表情のまま、ハンギョルはウンチャンの向かい側に腰を下ろした。女の目には、ウンチャンの姿とハンギョルの横顔が見えているはずだ。

「平日の昼間にお見合いだなんて、そうとうヒマなんですね。おじさん《アジョシ》はプー太郎？」

「うるせえ！　ランチコースなんか注文するな！」

ハンギョルはできるだけ小さな声で言った。

「ここまで来て水だけ飲んでろって言うの？　そのほうがヘンだよ」

「自分で払えよ」

「帰りのバス代しか持ってない」

「そんなこと知るか。お前に払う分はすでに現金で渡してあるんだぞ。ところで、身分証は持ってきたか？」

「失くしたって言ったじゃないか。再発行の手続きはしたけど、まだ…」

「携帯にお前の顔はバッチリ残してあるんだ。バカなことを考えるなよ。すぐにお前のモンタージュ写真が国中に広がることになる」

「モンタージュだって？　きっと、おじさんは今まで騙されてばかりいたんだね。もっと人を信じて、物事を前向きに考えたら？　心の狭い人だな」

「なんだと！」

「僕は犯罪者じゃないんだよ」

「だから、しっかり働けと言ってるんだ。それに、そのスーツはなんだよ。父親のか？」

「スーツを着ろって言ったじゃないか」

「自分のは持ってないのか？　まあいい。第一段階だ。行くぞ」

「もう？　ランチを食べてからじゃダメ？」

「俺も食べてないんだよ」

「だからさ、まずは食事を済ませてから…」

言いかけたウンチャンの視線が、隣の席の女に向けられた。ハンギョルは振り向きもせずにウンチャンの目を見つめた。

「なんだ？」

「あの女が、あの写真の女だね」

「写真？」

「この間、電話番号を書いてくれた紙の…。あ、まだ返してなかったよね」

「いいから、手を上げてみろ」

「どうしても？」

「俺だってやりたくねえよ」

苦虫を噛み潰したような表情でウンチャンが腕を上げた。ハンギョルはテーブルの上のウンチャンの手に自分の手を重ねた。まるで恋人達のように。

「笑えよ」

「これでも笑ってるんだ」

ハンギョルはニヤリと笑った。上体をかがめてふたりの距離を縮めると、ウンチャンの顔はさっきよりもひどく歪んだ。

「おじさん、ヘンタイだね？」

「冗談だろ」

「こんなことで効果があると、マジで思ってるの？」

「お前だって、女を見ただろ？」

「キレイな人じゃないか」

「好みのタイプか？」

「おじさんが断る理由なんてなさそうだけど？　ふられるなら分かるけど」

「ぶっ飛ばされたいのか？　甘く見るなよ」

「甘くなんか見てないさ。ヘンタイだと思ってるだけ」

「こいつ！」

「静かに」

「覚えてろよ。よし、時間だ。20分後に第二段階を開始する」

立ち上がる前に、ハンギョルは無意識にウンチャンの頭をそっと撫でた。その瞬間、ハンギョルは、体に電流が走るのを感じた。予定になかった行動をしてしまった。それも無意識に。ハンギョルはぎこちなく振り返ると、元いた見合いの席に戻った。

「すみません。積もる話があったもので」

女はすでに渋い表情だ。母に渡されたリストの一番上に名前があった女。家柄もよく、頭もよくて美人だと言われたが、会った瞬間、ハンギョルは言いようのない不快感を覚えた。そう、ピアノに牛乳をかけた時と同じような気持ち。規則正しく並んだ白と黒の鍵盤をバラバラにしてしまいたいような…。

「食事をしましょう」

ハンギョルは水が入ったグラスに手を伸ばしかけて、奇妙な感覚を感じた。指にさっきの感触がよみがえって、ピリピリする。あいつの小さな頭が、真っ黒な髪がとてもなめらかでやわらかかった。まだ子供だからだろう。イノシシだってウリ坊の頃は毛がやわらかいんだから。しかし、なぜ俺はあいつの頭を撫でてしまったんだろう？　ああ、演技だ。このアイデアをより効果的にするための演技。

むしゃむしゃとよく食べるヤツだ。料理が運ばれてきた瞬間にはもう、ヤツの腹の中におさまってしまう。まさにイノシシ並みの食欲だ。しかも、その顔には幸せそうな笑みが広がっている。ひとりで飯を食いながら、あんなに幸せそうなヤツは初めてだ。アイスクリームとチェリーパイを運んできたウェイターに向かって、とびっきりの笑顔を投げかけている。甘ったるいデザートを美味しそうに平らげ、あげくの果てにクリームがついた指までぺろぺろ舐めている。それに引き換え、この女と来たら…。自分の手のひらよりも小さなステーキを2％ずつ切り分けて口に運んでいるのだ。それしか口に入らないんだったら、最初からタタキにしてもらえばいいのに。

「ワシントン大学でビジネス科を修了したそうですね？」

女の図々しさは測り知れない。突然、学歴を訊ねるなんて。

「入った記憶はあるけど、修了した記憶はないな」

「え？」

「景色がよ過ぎて、勉強だけするのはもったいなくてね」

「シアトルってアメリカで一番住みやすい場所だそうですね」

「隠れ住むには最高さ。それに自殺にも適してる。常に雨か霧が視界をさえぎるので、普通に歩いてても電柱にぶつかって、感電死しそうだったな。それ以外にも、胃の中に一回につき16オンスずつ、週平均40回ほど入れてやるって方法もある」

「なにを？」

「コーヒーをさ」

そう答えたハンギョルは、手を上げてウェイターを呼びコーヒーを注文した。女のステーキはまだ3分の1以上残っていた。

「気にしないでゆっくり食べてください。食べ物を残すのはよくないからね」

皿を片付けさせようとしてた女は、硬い表情で再び肉を小さく切り始めた。20分が経ったが、ヤツは動かなかった。ハンギョルはアイスクリームを食べているウンチャンに目で合図を送った。しかし、ウンチャンはデザートの皿をキレイに舐め終えてからやっと行動を開始した。水をこぼすという行動を。

「うわっ！」

水はウンチャンのズボンを濡らし、グラスは床に叩きつけられて粉々に飛び散った。ウンチャンが立ち上がると同時に、ハンギョルは矢のように走り寄った。ハンギョルはウェイターからおしぼりを奪い取ると、ウンチャンの足を拭いた。

「…大丈夫か？」

驚きと心配の入り混じった表情で訊ねた。そんなハンギョルを眺めるウンチャンの表情はと言うと、まるで見下したような軽蔑したような、なんとも苦々しいものだった。ハンギョルは目に力を込めて、ウンチャンに演技を強要する。

「やめてくれ！　もう僕に構わないでくれよ。僕達はもう終わったんだ！」

ウンチャンは激しくハンギョルの肩を押しのけた。それは演技ではなかった。真剣にハンギョルから離れたかったのだ。うわっ！　ハンギョルは呻き声がもれそうになるのをかろうじて堪えた。この野郎！　怒りが込み上げたが、魂を込めて、自分が準備したシナリオ通り、クライマックスの演技に挑んだ。それは、悲しげな表情で振り向き、切なくヤツの名を呼ぶことだった。

「チャン、待ってくれ！」

溜め息を残して席に戻ったハンギョルを待っていたのは、あまりの衝撃と疑惑に満ち満ちた女の冷たい視線だった。ここまで来たら残るは劇的なエンディングだけだ。ハンギョルは悲しげな表情で、懺悔《ざんげ》でもするように言った…とどめの一言を。

「ゲイについて、どう思います？」

5杯目

魔女をがっかりさせられない

Ice coffee

独身《シングル》達のためのバレンタインパーティー。

恋人達の一大イベントであるバレンタインデーを楽しんでやろうという、シングル達の悪足掻《わるあがき》である。この際、名目などどうでもいい。チェ・ハンギョルの名声を高める絶好のチャンスだ。この機会を逃す手はない。パーティー会場にいるのは、ほとんど知ってる顔ばかりである。もちろん、シングルでない者もいる。たとえ既婚者であっても、本人がシングルだと言い張れば、確認もせずに参加させるのが今日の特別ルールだ。

「ハンギョルさん、紹介するわ」

ドホンの妹だ。

「彼女はサンウォン建設の末娘よ。ふたりは今度お見合いするらしいわね」

またこの女か。

「はじめまして。チャン・ミソクです」

ぺこりと頭を下げてあいさつする上品な女を見て、ハンギョルは一瞬、妙な気になった。今週末、見合いする相手でなければ、この場で落として見せるのに。しかし、彼女に手を出したが最後、そのまま結婚への特急列車に乗せられてしまうことは目に見えていた。今のハンギョルは、そんな危険を冒すわけにはいかなかった。しかも、ヒルのようにしつこいドホンの妹と親しい人間だなんて、なにがあってもお断りだ。なにを吹き込まれているか分かったもんじゃない。

「この間は、見事なショーを見せていただいたわ。あんなことまでして、私を突き離そうだなんて、とても悲しいけどあなたの気持ちは理解できたわ。ハンギョルさんは自由な魂の持ち主だものね。

でも、ハンギョルさん、誤解しないでね。私はあなたを束縛するつもりはないのよ。だから、いっそのこと、私を利用してちょうだい。ヘンなウワサが立つよりマシでしょ？」

そう言いながら擦り寄ってくる女に鳥肌が立った。この女はヒルなんかではない。アナコンダだ。なんでも丸ごと呑み込んでしまう、アマゾンの無法者。

「心配しないで。すべて私に任せれば大丈夫よ」

アナコンダと一緒にいるぐらいなら、ゲイのフリをするほうがマシだ。ハンギョルは新たな作戦を繰り広げることに決めた。一度のショーで、ふたりの女を追い払うという大作戦だ。

息を荒げて走ってきたウンチャンを見て、ハンギョルは呆れたように舌打ちをした。自分なら目を閉じたまま服を着替えても、あんなひどいコーディネートにはならないだろう。何年も着古して縮んだジーンズに、茶色のコーデュロイのシャツ。その上に、どう見てもサイズの合わない、ダボダボの紺色のジャンパーを着ている。成長期でもないのに、大きめの服なんか着るなよ。しかも、その帽子はなんだ！

「おじさん、ガマンしようと思ってたけど…」

到着したとたん、ウンチャンはハンギョルに食ってかかったが、ハンギョルはそんな話には耳を貸さず、ウンチャンがかぶっていた防犯隊の帽子を取り上げた。そして、ウンチャンが驚いて怯んだ隙に、胸ぐらをつかんで壁に追い詰めた。その瞬間、ふたりの体の間にウンチャンの腕がするりと入り込み、ハンギョルのあばら骨を圧迫した。予想もしなかった事態に驚いたハンギョルだったが、そんなことはおくびにも出さなかった。壁を支えている腕よりもあばら骨が痛かった。痛みを堪えながら、鋭い目つきでウンチャンを睨みつけた。

「よく聞け。ミスは絶対に許さない。いいな?」

「離してくれよ」

「返事をしろ」

「お金なら返すよ。時間はかかるけど必ず返すからさ、もうこんなバカなマネはしたくないよ」

「四の五の言うな! 今日でおしまいだ。今夜、ケリをつける」

ハンギョルは自分の言葉に目を輝かせた。

そうだ、そうしよう。今夜、ケリをつけるんだ。こいつらが見ている前でカミングアウトするんだ。こいつらの口ときたら空気より軽い。たちまちウワサが広がるだろう。おばあさんの耳に入ったら大騒ぎになるだろうが、今後、少なくとも数年間は結婚しろとは言われずに済むだろう。やったぜ! ラッキーチャンスだ。

「本当だね? 本当にこれが終わったら、雇用契約書を破ってくれるんだね?」

「そうだ。だからしっかりやれよ」

ハンギョルはウンチャンの胸から手を離し、パーティー会場に押し込んだ。しかし、すぐに思い直した。こんな格好のウンチャンを見ても、誰も信じてくれないはずだ。ハンギョルの目から見ると、ウンチャンのファッションセンスは未来少年コナンにも及ばない。ダメだ。ハンギョルはウンチャンの手を引いて、隣のビルにあるメンズブティックに入っていった。

何着もの服を試着させ、ブラックのワイシャツに白の細いネクタイ、それに高級ブランドの細身のスーツをまとったウンチャンは見違えるような美少年に変身した。今までの未来少年はどこへやら、東方神起のメンバーも真っ青だ。ハンギョルでさえ、一瞬目を奪われたほどなのだから、シアトルにいるディックが見たらなにがなんでもモノにしようとするだろう。

とりあえず、アイドル顔負けのルックスと化したウンチャンの手を引いて、ハンギョルは最後のショーとなるステージに立った。柄にもなく心臓がドキドキして、なんともいえない興奮が全身を覆っていた。面白いことが起こりそうな期待と奇妙な緊張感が、ハンギョルに生きていることを実感させる。

「一杯呑もう」

バーのカウンターに座ったハンギョルとウンチャンに、皆の視線が集まった。その視線の中には、ドホンの妹、アナコンダの目もあった。

「呑めよ」

ハンギョルが手渡したのはテキーラだった。ウンチャンはその場の雰囲気に圧倒されて、おろおろしながらグラスを受け取った。ハンギョルはグラスを軽くぶつけて、テキーラを一気に呑み干した。緊張を解きほぐすために、普段ならありえないアルコールの力を借りたのだ。

緊張しているのはウンチャンも同じだった。いや、ハンギョル以上に緊張してカチコチに体が固まっている。ハンギョルはシアトルでディックにいきなりキスされた時のことを思い出してみた。キスの感触は悪くなかった。ただ、その相手が、身長190センチの巨人男だったのが問題だ。その後、ディックとは友人として付き合っているが、彼と出会わなければ、そんな世界があるなんて理解もできなかっただろう。ただ、理解することと体験することでは、やはり次元の違う問題だった。

　テキーラを一気に呑み干したウンチャンは苦しそうに喘いでいた。真っ白な顔が、一瞬にして紫色に染まった。

「げっ！」

　ハンギョルは、そんなウンチャンの口にレモンスライスを放り込んだ。

「ファッションセンスもない上に酒もダメなのか。お前の取り柄はなんだ？」

　そう言ったハンギョルの頭に、ある場面が浮かんだ。そうだ、ひとつあるじゃないか。５４０度の回し蹴り。あれはカッコよかったぜ。

　その時、誰かがハンギョルの腕をこづいた。振り向くとドホンが好奇心に満ちた表情で立っていた。

「誰だよ」

　あご先でウンチャンを指すドホンに、ハンギョルは短く答えた。

「奴隷《どれい》さ」

「はぁ？」

　ドホンがなにか言おうとした時、マイクを通して声が響いた。

「さあ、皆さん。そろそろあいさつも済んだでしょうし、本日のメインイベントと行きましょう。その名も王様ゲーム！　まずはパーティーの主催者であるパク・ドホン、パク・イェランの不良兄妹をご紹介します。彼らが今日の暴君と魔女です」

口笛と歓声を背中に浴びながらステージに上がったドホンが、男女の名前をひとりずつ呼んだ。男は婚約者がいるヤツで、女は初めて見る顔だった。暴君が求めたのはラップダンスだった。悲鳴を上げて逃げようとする女を男が捕まえて、自分が踊るから見てろと言った。観衆の期待とは違ったが、それなりに盛り上がっていた。いすに座った女の前で、男が腰をくねらせると、シャツのボタンをひとつずつはずして、女に手招きした。女のくちびるを求めるように舌なめずりをしながら、手を背中から腰へとおろし、顔を近づけた。あちこちで卑猥《ひわい》な言葉が飛び交い、パーティーの熱気は最高潮に盛り上がった。

隣でつばをごくりと呑み込む音が聞こえた。ハンギョルが見ると、ウンチャンは顔をこわばらせてこう言った。

「み…、水が飲みたい」

あの程度のダンスを見て興奮してやがる。若いな。

「この店には酒しかないよ」

軽く抱き合いながらステージから降りてきた男女。絡み合うふたりの視線は、この後のことをすでに約束しているようだった。

その時、意地悪そうな表情の女の声が、スピーカーに乗って会場に流れた。

「私が指名するのは…、チェ・ハンギョル」

拍手とともに、ハンギョルに視線が集中した。ハンギョルはまんじりともせずにドホンの妹、イエランに冷たい笑みを投げかけた。

「ここでルールをお知らせします。魔女はゲームに参加できません」

「え〜？　そんなの聞いてないわよ」

司会者の言葉に、イェランは頬を膨らませて反論した。

「魔女はあくまでも邪悪であるべきです。男にのぼせ上がるようじゃつとまりません」

「そうよ。魔女が優しかったらつまんないわ」

会場からも次々と声が上がる。

「さあ、男はチェ・ハンギョル。魔女さん、女性を選んでください」

すねたような表情で会場を見回していたイェランの視線が、ある場所で止まった。ハンギョルは、その視線の先に、見合い相手のチャン・ミソクがいることに気づいた。まさか…！

その時、イェランが意味深な笑みを浮かべながら言った。

「相手は女じゃなくてもいいのよね？」

約1秒間、会場に沈黙が流れた。そして次の瞬間、大きな歓声が沸き上がった。

「さすが、魔女だぜ」

「ハンギョルの帰国記念のショーだ。どうせならストリップでもさせろよ」

「そこにいる男」

イェランの指がウンチャンを指した。そして、邪悪な宣言が下された。

「キス」

〝できるものならやってみなさい〟といわんばかりの挑戦的なイェランに向かって、ハンギョルは〝サンキュー！〟と微笑んだ。思っていたより順調だ。いきなり美少年を紹介して〝俺はゲイなんだ〟と自分から宣言するより100倍は効果的なチャンスが訪れた。ゲームだから不自然さもない。

しかし、なんとかして余韻を残さなければならない。〝もしかして、あいつ本当にゲイなのか？〟という疑念を抱かせたまま、ハッキリした答えを出さない。そのほうがウワサは広がりやすい。

ハンギョルは、硬い表情のウンチャンに向かって、低い声で言った。

「ショータイムの始まりだ」

ハンギョルがステージに向かうと、会場は大騒ぎになった。皆が目を輝かせながら歓声と拍手を贈っていた。ハンギョルは、ステージの上からウンチャンに視線を投げかけた。ウンチャンは微動だにせずにハンギョルを見つめる。ハンギョルはマイクを奪い取り、優しげな甘い声で言った。

「早くおいで」

「ヒュー！　セクシーな声だね」

「なんだよ。本当になんかあるんじゃないか？」

「あの美少年、めちゃくちゃ可愛いわ。噛みつきたい」

「肌もスベスベね。もしかして東方神起のメンバー？」

女性達の視線は一気にウンチャンに集中し、その反応は爆発的だった。

「あのコ、誰なの？」

「ハンギョルの恋人かしら？　すっごく可愛い」

誰かがウンチャンの肩を押した。すると、いくつもの手がウンチャンをステージへと押し出していく。ステージに近づいてくるウンチャンを見るハンギョルの気持ちは複雑だった。男とキスした経験はディックとの1回だけだった。上手くできるだろうか。

胸がドキドキする。なぜか、ヤツのくちびるから目が離せない。チクショウ！

「ハンギョルさんのくちびる、ミソクに奪われるぐらいならあの子にあげたほうがマシだと思ったの。どう？　できる？」

イェランがそんなことを言わなければ、ホッペに軽いキスをして終わらせるつもりだった。しかし、〝芝居なのは分かってるわ〟とでも言いたげなイェランの顔を見た瞬間、ハンギョルはすべてを悟った。中途半端なことでは、あの女を黙らせることはできないと。そうだ。ケリをつけるんだ。よく見てろよ、このアナコンダめ。

ウンチャンがステージに上がってきた。緊張で泣きそうになっている顔を見て、笑いが込み上げてきた。この状況がバカバカしくもあり、また恐ろしくもあり、気が狂いそうだった。怯えたようなウンチャンの横顔に、こうささやいた。

「目を閉じろ」

ハンギョルはウンチャンを抱き寄せた。そして、固くなったウンチャンのくちびるに、自分のくちびるを押し当てた。

「ワオ！」

「マジでやったぞ」

「どうかしてるぜ」

歓声と罵声、そして口笛が一斉に飛び交う中、ハンギョルはふと思った。

意外とやわらかい…。

無意識のうちにハンギョルの腕は、ウンチャンの腰をしっかりと抱いていた。頭を押さえていた手にも力が入った。ウンチャンの頭はどんどん後ろに反り返り、それとともに腰も反り返って倒れそうになった。その瞬間、ハンギョルは強くウンチャンを抱き寄せ、体をぴったり密着させた。そして、ウンチャンのくちびるを激しくむさぼっていた。もはやどこまでが演技なのか、自分でも分らない。ゆっくりとやわらかく動いていたハンギョルのくちびるが、どんどん激しさを増していく…。

その瞬間、パーティー会場を静寂が包んだ。ピンを抜いた手榴弾が床に落ちた瞬間のように、物音一つしなかった。本人でさえも予想していなかった、激しくて長くてディープなキスに誰もが凍りついた。

しかし、ハンギョルはそんな状況すら忘れて、キスに陶酔していた。

その時、ウンチャンは全力でハンギョルを突き放した。ふたりの視線がぶつかった瞬間、ハンギョルは気づいてしまった。自分が無意識のうちに、舌を入れていたことに。

6 杯目

プチプチを貸してあげましょうか？

Design cappuccino * a snowman

「話があるの。いつもの場所で待ってるわ」

彼女が口にした〝いつもの場所〟が今でも存在していることに、ハンソンは耐え難い嫌悪感を抱いた。ハンソンにとっては記憶から消し去りたい場所だった。しかし、〝いつもの場所〟は、あの頃と同じように、その場所に存在した。記憶の中にあるのとそっくり同じ姿で。

拒絶するための言い訳なら100通り以上もある。それなのにハンソンは、彼女の誘いに従った。彼女の話の内容が気になったわけではない。話をする時の彼女の表情が見たかったわけでもない。自分が彼女の前でどんな顔をするのか、そして、どんな気持ちになるのかを知りたかった。

そんなふうに客観的で乾ききった気分で、ハンソンはその場所に向かった。彼女はあの頃と同じように、その場所に座っていた。そしてあの頃と同じように、彼女の前にはピンク色をしたカクテル、コスモポリタンが置かれていた。

「早かったのね」

「待たせた？」

「とんでもない。まだ約束の時間になってないわ。私が早く来過ぎたのよ」

近づいてくるウェイターを見て、ユジュが訊ねた。

「同じのでいいわよね？」

「いや、マンハッタンを」

ハンソンは、彼女に合わせていつも飲んでいたコスモポリタンではなく、マンハッタンを注文した。大人げないかもしれないが、あの頃と同じものを口にしたくはなかった。しかし、ハンソンが思っているほど、子供じみた真似でもなかったようだ。ユジュの表情が凍りついたのを見ると。

「顔を見ると…」

ハンソンに見つめられて、ユジュは言葉を失った。こうして会うのは3年ぶりだ。相変わらず最先端の服を着こなし、上品で女らしい姿だった。大学の頃、ユジュを一目見て恋に落ちた。優しそうな中に芯の強さを持つ女だった。いつもいつも、24時間ずっと、彼女のそばにいたいと思った。ユジュのすべてはあの頃のままなのに、そんなユジュと会っていても、少しも嬉しくなかった。なんの感情も湧かない自分を、ハンソンは客観的に確かめていた。

しばらくの間、ふたりは黙ってカクテルを飲んでいた。

「会社の経営を任されているそうね。おめでとう」

ハンソンは氷のように冷たい笑みを浮かべた。ユジュが眉をひそめ、悲しげな声で言った。

「なぜ笑うの？」

「俺って生存してるだけでも、めでたいんだな」

ハンソンは、この3年を夢中で駆け抜けてきた。仕事のためだけに生きてきた。仕事をすることですべてを忘れようとした。そのためには、昼も夜も働くしかなかった。

「じゃあ、生きてることをお祝いしなきゃ」

「それも祝うようなことじゃないさ。息をしてることが生きてるってことにはならないんだ」

ハンソンは、切なげなユジュの瞳を冷たく射抜きながら言った。

「用件は？」

「許しを…、いいえ、あなたの気持ちが聞きたくて来たの。私ね、ドンイン美術館で働こうと思ってるの」

彼女は変わったのだろうか。以前はこんなふうに、真っ直ぐに見つめられることはなかった。いや、これがユジュの本当の姿なのかもしれない。

「おばあさまから電話があったの。私がサントデパートのギャラリーで働くかもしれないと聞いて、だったらドンイン美術館に来なさいって。ちょうど人を探してたそうなの。ハンソンさんも知ってるでしょ？　おばあさまは昔から私のこと、とても可愛がってくれて…」

「おばあさまじゃない。気安く言うな。今は会長だ」

「そんな言い方はやめてよ」

「個人的な関係は終わったんだ。公的に接してくれ」

くちびるを噛みしめるクセは、あの頃と同じだ。気持ちを押し殺していたブレーキが壊れてしまったようだ。彼女の表情に激しい感情が浮かび上がった。その時、ホールの一角で、ガシャーンと大きな音がした。ウエイトレスがグラスを乗せたトレーを落としたようだ。

「申し訳ありません。新米なもんで…、お騒がせしてすみませんでした」

グラスが割れる音よりも、もっと大きな声で、そのウエイトレスは何度も謝っていた。会話を楽しんでいた客の視線が、黒のロングスカートに白いシャツを着た長身のウエイトレスに集まった。奥からマネージャーが現れ、再び謝罪の言葉を繰り返した。小さな騒動は、静かにハンソンの関心から消えた。ユジュと向き合わなければならない。あの頃のような安らぎなどはどこにもなく、緊張感だけに包まれていた。ユジュと会って緊張するなんて初めてだ。これでは赤の他人と同じだ。

「好きにすればいいさ」

「気に入らない？」

「俺が？　どうして？　そんな理由でも？」

「……」

「会長が美術館で誰を採用しようが、君がどこに就職しようが、俺には関係のないことだ」

「あなたのお母さまが嫌がると思うわ」

「母は美術館から手を引いたんだ。関係ない。君がどこに就職しようと、母は……」

「やめて！」

ユジュが鋭い声でハンソンの話を遮った。かつて3年間も交際し、婚約までした仲だったが、ユジュのこんな姿は初めてだった。スネたり膨れたりすることはあっても、こんなに鋭い目で、息を荒げて食ってかかるなんて、想像もできなかった。

「そんなことは分かってるわ。あなたはお母さまが私を嫌ってるのを喜んでるようね。でも、いくら関係ないとは言っても、知らん顔はできないじゃない」

「無視すればいい」

「ハンソンさん」

ハンソンは一気にカクテルを呑み干した。なにかが〝怒り〟というスイッチに触れてしまったようだ。その〝なにか〟とは、ユジュの香りだったのかもしれない。ただただ腹が立つ。まっすぐに視線を合わせながら自分に楯突くこの女が、どうしようもなく憎らしい。

「話が終わったなら帰ってくれないか？」

「約束でもあるの？」

「ああ」

「ここで？」

「移動する時間がないんだ」

「だったら先に言ってくれればよかったのに。今日じゃなくてもよかったのよ。忙しいのにごめんなさい」

立ち上がるユジュから視線を落とした。厨房で食器を洗っている従業員の後ろ姿が見えた。さっきトレーを落とした長身のウエイトレスだ。食器を洗う手つきがとても危なっかしい。

「元気だったのかとも、聞いてはくれないのね」

ハンソンは立っているユジュに視線を戻した。

「いくら腹が立っても、いくら憎らしくても、一緒に過ごした時間を考えて、〝元気だったのか？〟って聞いてほしかったわ」

「そうだな。だが、俺はそうしたくない」

「どうして？」

「時間のムダだ」

「そうだったわね。忘れてたわ。あなたの家族は皆、冷たい人だったものね」

「忘れてて嬉しいよ」

ハンソンの冷淡な言葉に、ユジュの瞳が潤む。くちびるを噛みしめながら、その声は涙声になった。

「冷たい人だと分かっていても、ずっと待ってたわ。バカみたいだけど…。一方的に私が婚約を破棄したことで、あなたはどんなに驚いただろう。怒りに任せて、罵るためにでも来てくれると思ってた。それなのに、電話もくれなかった。留学すると言ったのに、どこへ行くのか、いつ行くのか、なんの勉強をしに行くのかもなにも聞いてくれなかった。引き止めてもらえるなんて期待しなかったわ。ただ、聞いてほしかったの。なぜ別れなきゃいけないのか、その理由を聞いてほしかったのよ。私がなぜ別れを切り出したのか、私がどんな気持ちだったのか!」

激昂《げっこう》した声がホールに響き渡った。人々の視線が集まった。ユジュはポロポロと涙を流し、ハンソンは微動だにせず、表情すら変えずにユジュを見つめていた。

「空港へ行った」

「え?」

「君は自分の足でゲートをくぐった。誰に強いられたわけでもないだろう」

「ハンソンさん」

「帰ってくれ。約束の時間なんだ」

恨めしそうな視線を残してユジュが店を後にした。緊迫した空気がほどけないうちに、グループのピョン理事が到着した。ハンソンはドンイングループの中の、ドンイン製薬を任されていた。しかし、新しいプロジェクトとして、ドングループ全体で力を入れ始めているのは、食品サービス業であった。その主力事業を任されたのはハンギョルの母と兄である。だが、本来、その事業を担当するはずだったのは、死んだハンソンの父だった。

「今度の株主総会で、亡くなった前社長の側近5人が、理事職を解任されるそうです」

「その中にピョン理事も含まれるんですね」

「はい。代わりに9人の新しい理事を選出して、議決権を意のままにしようとしています。しかも、その9人の中に次男を入れるという情報までありります」

「ハンギョルを？」

「この間、久しぶりに会いましたが、亡くなった社長によく似てらっしゃいますね」

「唐突だが大胆なヤツです」

そして、生意気で怠け者で、不誠実な人間の標本のようなヤツでもある。秘めた才能を蓄えてはいるが、誠実さがないために発揮されていないだけだ。一言で言うと〝あなどれないヤツ〟なのである。

「まあ、意見は二分しているようですが…。それはそうと、外資を引き入れる件はどうなさいますか？　向こうは妨害工作を講じてるようですが、推し進めても？」

「まずは理事会を説得しましょう。収益を優先すべきですからね」

祖父が亡くなった後、兄弟間で葛藤が起こった。長男であるハンソンの父が会長になるはずだったが、ハンギョルの父を始めとする他の兄弟が、異議を唱え、失意のうちに父は死んだ。ハンソンは父の地位を奪い返すつもりだ。だから彼は、常に警戒され、注視される存在だった。一つ間違えば奈落の底に突き落とされる。父のように。

ピョン理事が帰った後もハンソンはひとりで酒を呑んでいた。いくら呑んでも頭の中はハッキリしているのに、心の中はもやもやしていた。ユジュのせいだ。思い出と感情がぶつかり合って、理性まで歪み始めている。

俺を捨てた女、絶対に許せない女。

シーバスリーガルを1瓶呑み干した頃には、店に客はふたりしかいなかった。数分後、残っていた中年の男が店員に背負われて店を出て行った。自分の体の2倍はありそうな男を背負っているウエイトレスのスカートのスリットからのぞいた脚が、不自然に細く見えた。

「大丈夫か？　俺が背負おうか？」

「平気です。体力だけは自信があるんです」

子ギツネが息を切らせながらクマを背負って歩いているようだ。キツネとクマ…。想像しただけでも笑いが出る。こんなくだらないことで笑えるのは、酒のせいだろうか。

最後の1杯を呑み干したハンソンが、ウエイトレスに向かって手を上げた。

「清算を」

「はい」

急いで駆けてきたウエイトレスが、目をぱちくりさせていた。ハンソンは財布からカードを取り出して、ウエイトレスに渡した。

元気よくレジに向かったウエイトレスは、慌ててテーブルのかどにお尻をぶつけた。次の瞬間、ハンソンの頭ががっくりと落ちた。テーブルが動いた拍子に、頭を支えていた肘が落ちたのだった。

「あっ！　お客様、大丈夫ですか？」

「今度は何事だ！」

「お客様がテーブルに頭を…」

おでこをぶつけたハンソンは、そのままテーブルの上に突っ伏していた。頭を上げているより、そのほうが楽だった。

「テーブルにぶつかっちゃって」

「何度も言わせないでくれ。気をつけろと言ったじゃないか！　まったく何てヤツだ。女のクセに力以外は何の取り柄もないんだな」

「お客様、大丈夫でいらっしゃいますか？」

「大丈夫ですから、早くお会計を」

マネージャーがカードを奪ってレジに向かうと、ウエイトレスはすまなそうに声をかけてきた。

「頭は…大丈夫ですか？」

ハンソンが体を起こそうとすると、そばにいたウエイトレスが腕を支えてくれた。改めて顔を見ると、ユジュと話している時にグラスを落としたウエイトレスだった。クマを背負っていたのも彼女だったようだ。俺まで背負うつもりなのか。

ハンソンは彼女の腕を振り払うとひとりで歩き出した。3歩ほど歩いた時、地面が揺れていることに気づいた。思ったより酔っているようだ。足元がふらついた瞬間、また誰かが腕をつかんだ。

「お客様、出口までお連れします。代理運転手を呼びましょうか？　それともタクシーを？」

背が高いせいか、片方の腕を支えられただけでまったくふらつかない。まるで、壁伝いに歩いているようだ。

「代理運転手を」

「分かりました。5分以内に来るはずです。それから、カードをお返しします。ここにサインをお願いします」

ハンソンはサインをすると、財布にカードをしまった。ゆらゆらと揺れている視野の中に、ひとりの女が現れた。近くで見ると珍しい顔だ。ショートカットにまん丸い目、白い肌。酔っているせいか男に見えた。くちびるの赤い美少年。

「ここでお待ちになりますか？　それとも車で？」

ハンソンは再び女の腕を振り払い、ふらつく足取りで歩き始めた。やっとのことで店の外に出ると、冷たい空気に包まれた。少し頭がスッキリしてきたようだ。駐車場へと歩いていると、胃の中から、ヤバいサインが送られてきた。壁伝いに歩きながらガマンしようとしたが、結局は耐え切れず、壁に向かって胃の中のものを吐き出してしまった。こんな醜態を晒すのは、大学1年の時以来だ。

「こんなことだろうと思った」

そう言いながら背中を叩く手の力が胸にまで響いた。息が苦しい。叩かれた痛みのせいで、吐き出そうとしていたものが、胃の中に再び戻っていくようだ。手を振りながら〝やめろ〟という合図を送ったが、逆に強く叩かれた。

「全部吐き出しちゃえば楽になりますよ」

「や、やめて…」

「え？」

「ひっく！」

「あ、お水ですね。すぐに持ってきます」

力が抜けてしまい、ハンソンはその場にへたり込んだ。冷たい風を顔に感じ、クラクションの音も聞こえた。少しずつ意識がハッキリし始め、ハンカチを取り出すと口元を拭った。

「どうぞ、お水です」

口元を拭ったハンソンは、1、2度咳をすると、しっかりした目でウエイトレスの姿を探した。女はゴミを片付けていた。そしておもむろになにかを手にして近づいてきた。

「お客様、少しは楽になりましたか？」

営業調の言葉遣いに、ハンソンは無意識のうちにフッと笑みを漏らした。

「もう大丈夫そうですね。そっちは汚いからこちらに座ってください」

ハンソンは女の指示通り、少しだけ体を移動させた。そして、店の裏側にある花壇のそばに腰をおろした。

「さっき、男性を背負ってたようだけど？」

「ああ、酔って歩けなかったので背負ったんです。酔い潰れていたから、やたら重たくて。タクシーに乗せたんだけど、ちゃんと帰れたかな」

「力持ちなんだね」

「それが欠点なんです」

溜め息をつきながら女が近づいた。ハンソンの隣に座って、なにやらビニールのようなものを触っていた。プチン、プチンとなにかがはじける音がする。

「今日がバイト2日目なんですけど、グラスだけでも8個です」

「8個って？」

「割っちゃった数。お皿が2枚に花瓶1本、それにグラス8個。さっき、マネージャーにクビを宣告されちゃいました」

女は再び深い溜め息をついた。

「今月に入って、いいことがなにもないんです。ママは指輪を失くすし、妹は友達のお金をくすねて、勝手に音楽学校の入学金を払っていたんですよ。どうかしてるよ。でも、考えたら可哀想な子なんです。そんなに歌の勉強をしたかったなんて…」

「タバコ吸うか？」

「いいえ、おじさんは吸いたければ吸ってください」

客を〝おじさん〟と呼び、初対面の相手に遠慮もなしにグチをこぼす。面白い女だ。

「道場の生徒数は減る一方なのに、肉は値上がりするばかり。バイトはクビになってばかりだし。残ってるのは早朝のバイトだけです」

「早朝のバイトって？」

「それがまったくお金にならないんです。牛乳配達なんですけど、最近では自転車の調子が悪くて、もうお先真っ暗ですよ。昨日はとうとうハンドルが言うことをきかなくなって、仕方なく町内を走って配ったんです。その日はテコンドーの練習中に鼻血を出しちゃいましたよ。両方の鼻の穴から血が流れるのを見て、スンギョンは怖がって大泣きするし、テウォンは鼻をふさごうとティッシュを持って走り回るわで、大騒ぎだったんです。鼻血なんか出したのは、小学校4年生の時にリョミョンとやり合って以来だな」

「リョミョンって？」

「最悪なヤツなんです。ルックスだけはいいんだけどイモムシみたいなヤツで」

「イモムシ？」

「おじさん、イモムシって見たことあります？　私は小さい頃、庭の畑でキャベツを獲りながら見たんです。たいていのことには驚かない私が、腰を抜かしましたよ。まったく気持ち悪いったらありゃしない。そのリョミョンって子がイモムシみたいなんです。ああ、思い出してもムカつく！」

幼い頃のケンカ相手を罵りながらも、女は手からビニールを離さなかった。相手を悪く言うたびに、プチンプチンと、はじける音がした。

「それ、面白いのか？」

「え？　ああ、このプチプチ？」

「プチプチって言うのか」

「はい。やってみます？　ストレス解消には最高ですよ」

7杯目

よい犬は吠えない

Design cappuccino * a dog

ホン社長は、アルバイトの採用面接を見守っていた。あの条件に合うようなヤツがいるのかと心配していたが、意外といるもので、店の外に列ができるほどだった。

小さなコーヒーショップのアルバイト採用に2次面接だと？　それより、もっと理解できなかったのは、偉そうにふんぞり返っている男が、自分を採用したということだ。あの時、俺が淹れたコーヒーを麦茶のようだと馬鹿にしたくせに、厨房を任せたいと言い出したのだ。だったら、コイツはこの店でなにをするつもりなのか。

自己紹介、くるっと回ってみろ、笑ってみろ、特技、歌にダンス。単純明快で幼稚な注文に、志願者達は素直に従っていた。まるで俳優のオーディションを受けるかのように楽しみながら。皆タレントになれそうだ。

新社長になるというこの男、どう見ても、テーブルが7つしかないこの小さなコーヒーショップを経営する人間には見えない。もしかして、どこかの芸能プロダクションから派遣されたのだろうか。

男は、明快にも、その場で合格、不合格を通達した。

「採用だ」

ふたり選び終えたというのに、次の男にも合格を出した。

「採用」

手のひらほどしかない小さなコーヒーショップに、従業員が3人だと？　どうかしているぜ…。

ホン社長は溜め息をついた。これでは多分、1ヶ月も経たずに閉店するハメになるだろう。

「ホン社長」

「え？」

「明日の朝9時からミーティングを行いますから」

「ミ…、ミーティング？」

「全体的な店内のコンセプトやインテリア、それにユニフォームも決めてください」

「私がですか？」

ホン社長には理解できなかった。手のひらほど、いや、ネコの額ほどの小さな小さな店だ。こんな店にコンセプトやインテリアを決めるミーティングが必要だというのか？　そんなことは社長の好きなように、勝手に決めればいいのに。

「4人の従業員と一緒に相談してください」

「あ、はい。ところで、さっき採用したのは3人でしたが、なぜ4人と？」

「コ・ウンチャンも採用です」

「え？　ウンチャンがここで働くと？」

ホン社長は、数日前にウンチャンとこの男が激しく言い争ったことを思い出していた。店をこの男に売ったと話すと、ウンチャンはありったけの言葉でこの男を罵って店を出て行った。本人の目の前でヘンタイだのサイテーだのと、顔を真っ赤にして叫んでいた。それなのに、そんなヤツの下で働くだと？　ウンチャンの性格上、そんなはずはないのだが…。

「背はさほど高くないけど、女にはモテそうな顔だから使えます。数日間、様子を見てたんですが、前の通りを歩いていたのは、主に20代から30代のＯＬでした。客のターゲットは20代から30代の女性に絞るべきだ。ですから、ＯＬ達が好むようなイケメンの従業員を採用したんです。コ・ウンチャンもきっと人気が出ますよ」

まさか、ウンチャンを男だと思っているわけじゃないよな？

「ウンチャンは断ると思うけど」

「あいつ、宝くじにでも当たったんですか？」

「いや、そんなことは聞いていませんが」

「だったら、断る理由はない。勤労青年の名にふさわしく、つべこべ言わずに働けと言ってください。もしも断るようなら、〝奴隷契約書〟は俺がまだ持ってると言ってください」

「はい？」

奴隷契約書？　それって、借金を返せなくて臓器を売るってのと同じようなものか？　だとしたら、この男は悪徳金融業者？

「ウンチャンのヤツ、お宅からも借金を？　まったく可哀想なヤツだ」

ホン社長はなんとかしてウンチャンをかばおうとしていた。お金を返せないからといって、うら若き娘の臓器を売るなんてとんでもない。

「今度は誰が困らせたんだろう。あの家は、母親も妹もウンチャンに頼りっきりで…」

ホン社長は新社長の顔色をうかがいながら、同情心誘発作戦に入った。

「ウンチャンは高３の時から家長なんですよ」

ホン社長の言葉に、ハンギョルは驚いて眉間にシワを寄せた。

「父親は？」

「経営していた会社が倒産した後、交通事故で亡くなったんです。ウンチャンの母親は裕福に育ったお嬢様のせいか、あの年になっても世間知らずでね。夫を亡くした寂しさを買い物で紛らわせていたようで、クレジットカードの負債が山ほどあったらしいんです。妹ってのがまた母親そっくりでね。ウンチャンは母親と妹の間で、母親をなだめたり妹の後始末をしたり、生活費を稼いだりと、休むヒマもないんです。テコンドーを教えながらなんとか生活しているんですが、家族にしょっちゅう問題ばかり起こされて、お金なんか貯まりゃしない」

「親戚もいないんですか？」

「聞いてみたわけではないけど、多分いないんでしょうね。だから、ウンチャンひとりで苦労を背負い込んでるんでしょう。とにかく、大目に見てやってください。借金がいくらなのかは知りませんが、踏み倒すようなヤツじゃありませんから」

「あいつ、本当にテコンドーを教えているんですか？　夜食の配達は？」

「夜食の配達ですか？　それは聞いてないな。でも、あいつならやるかもしれません。とにかく働き者で、早朝から牛乳配達をして、その後に市場でコーヒーの配達までしているんですから」

「カネになることならなんでもするってワケですね」

「そうでしょうね。仕事を選んでいる場合じゃありませんから。泥棒以外ならなんでもやりそうだ」

「泥棒だってやるかもしれませんよ」

「なにを言うんですか！　そんなことは絶対にしないヤツです」

「人間なんて分からないものですよ。とにかく、明日、必ず来るように伝えてください」

王子コーヒー店を後にしたハンギョルは、車を飛ばして会社に向かった。父親から呼び出されたのだ。男とキスをしたというウワサは、ハンギョルの目論見通りすでに広まっていた。そのせいで、家の中は大騒ぎだ。父は目から火花を散らしながら怒鳴りつけるし、勘の鋭い母は、息子の呆れた企みに溜め息をついた。なにはともあれ、コ・ウンチャンのおかげで、あれ以来、見合いの話はぱったりと途切れた。

あの時のキスを思い出し、ハンギョルは苦笑いを浮かべた。

実際、ありえないことをした。それは認める。問題は無意識のうちにディープキスになっていたことだ。自他ともにゲイだと認めるディックが冗談で俺にキスしてきた時だって舌は入れなかったぜ。それなのに、俺ときたら、なんてことを！

ウンチャンが驚くのは当然だ。いくら罵られても反論できる立場ではない。

ハンギョルはカーオーディオのボリュームを上げた。今はあれこれ考えている時ではない。祖母が提案した内容を知った父が、激怒していることは分かっている。この年になって、叱られるために父を訪ねるとは…。

10日前、祖母はハンギョルに、とんでもない提案をした。3ヶ月の間に売り上げを3倍にすること。そう言いながら指差したその先には、小さな小さなコーヒーショップがあった。ツタがからまったその看板には〝王子コーヒー店〟と書いてある。

「あの潰れかかった喫茶店の売り上げを、3ヶ月で3倍にできたら、あんたの好きにしていいわ。またバスケをしようと、プラモを作ろうと、一生海外で遊び暮らそうとなにも言いません」

「この年になってバスケやプラモはないだろ。それに、あれはプラモじゃなくてジオラマだ」

「同じようなものよ。いつもひとりでなにかコソコソ作ってるじゃない。知ってるのよ」

ハンギョルの趣味はジオラマでいろんな世界を作ることだ。部屋中にハンギョルの作ったたくさんの世界がある。海賊船を中心にした海の世界もあれば、恐竜が走り回る古代のジャングルもある。心に傷を負った時やつらいことがあった時、ハンギョルはいつも部屋に入り浸って、幻想の世界に思いをはせるのだ。

そのことを祖母までもが知っていたなんて。

「とにかく、売り上げを3倍にできなければ、おとなしく会社に入るのよ」

「父さんには？」

「私から話しておくわ」

「本当だね？　ちゃんと話してくれよ」

「まったく、臆病な子だね。どうするの？　やるの？　やらないの？」

「車は？」

「仕事には必要だろうね」

「買ってくれなかったら、会社の株を売っちゃうぞ」

「バカなこと言うのはよしなさい。孫が息子に殴り殺される姿なんて見たくないよ」

「買ってくれたら、僕がマッサージ券を5枚あげるよ」

「あんたは幼稚園の頃からいつもマッサージ券だね。セコイよ。10枚なら考えてやる」

「分かったよ。これで交渉成立だ」

　祖母がなんと言おうが、父が許してくれないことは分かっていた。叱られて当然のことをしたのだから。そうとは分かっていても、行きたくはない。幼い頃から変わりなく、父親は絶対的に怖い存在である。いや、ハンギョルは今のほうが父親を怖い存在だと感じていた。そう、世界で一番…。


　慌てて駆けつけてきたウンチャンは、見知らぬ男達を見てたじろいだ。

「よく来た。そこに座れ」

この状況って一体…？　どうなってるの？　昨日の午後、ホン社長からの電話を受けてからずっと、ウンチャンは不機嫌なままだった。奴隷契約書を手にしていると言われ、背筋がぞっとした。あの思い出すだけでも忌まわしいバレンタインの日を最後に、契約書は破り捨てると言ったくせに！　卑怯なヤツだ、許せない。体中に怒りのパワーが充満したままの状態で、ウンチャンは息を切らして走って来た。

「あいさつは後にして、まずは話を聞いてくれ」

「そんなことより、話があるんだ」

「まず、話を聞け」

「話があるって…」

男が鋭い目つきでウンチャンを睨みつけた。男の雰囲気はあの時とはまったく違っていた。眼光は鋭く、妙に真剣な表情だった。この間はただの遊び人に見えたのに、今日はちゃんと働いているように見える。片手に重そうな資料の束を抱え、もう一方の手にボールペンを握っている姿は、多忙な実業家のようだ。

「このコーヒーショップのコンセプトは、〝悪魔のように黒く、地獄のように熱く、天使のように美しく、愛のように甘い〟だ」

冗談だろ？　ふざけやがって。

「それってコーヒーのことですか？」

スマートな黒いフレームのメガネをかけた男が口を開いた。ウンチャンは声のするほうを見て、一瞬、息を呑んだ。うわっ！　超イケメン！　こんな美男子は初めて見た。目も合わせられない。

「名前は…、ナッキュンだったな。そう、ナッキュンの言う通りだ。コーヒーショップだから、当然、主人公はコーヒーだ。そのコーヒーの魅力を最大限に引き出すんだ。味で、香りと色で、そして従業員で」

「え？　従業員で？」

ホン社長さえも、男の話に熱心に耳を傾けていた。ウンチャンは不機嫌そうに腕組みをしてハンギョルを睨みつけていた。彼がなにを言おうと関係なく、猛烈な視線ビームを発射していた。彼が無視しているにもかかわらず。

「そう言う意味では皆バッチリだ。コーヒーの香りがする。そして本日より、この店の名前を変える。新しい店名は『コーヒープリンス』だ」

「なんだか芸能プロダクションの新人グループみたいだ。てことは、俺達はコーヒー界の〝神話《SHINHWA》〟か〝東方神起〟ってことか？　じゃあ、俺はどのパートを担当するんだろう」

今度は少年のような無邪気な顔をした男が声を上げた。その声には活気がみなぎっていた。どうしても視線を奪われてしまうオーラがある。大きな瞳と小さな顔、そしてファッション誌から抜け出してきたかのような洗練された服装。ウンチャンが今までに見た男の中で、一番輝いて見えた。ハンギョルを睨みつけていたウンチャンの瞳が、まるで生クリームに包まれたようにとろけていく。

「俺が見た感じだと、ハリムはホットコーヒーだな」

「マジっすか？　俺、末端冷え性なんですけど」

「ホットコーヒーのイメージなんだ。特にその服のセンスが気に入った。そのセンスを生かして、ハリムとソンギがユニフォームをセレクトしてくれ。ふたりで街を見て回って、気に入ったのがあれば写真を撮っておけ」

「俺達の好みでいいんですか？」

「お前達が着るんだから、好きなのを選べばいい」

「じゃあ、高いのでもいいんですよね？」

ハリムが嬉しそうに身を乗り出した。

「とにかく、気に入るのがあったら写真に撮っておけ。後は俺が決める。いいな、ノ・ソンギ」

その男は返事もせずに、黙って頷いた。彼——ノ・ソンギはウンチャンのすぐそばに立っていた。しかし、ウンチャンは彼を見ることさえできなかった。横目で彼の動きを感じているだけで胸がドキドキしてしまう。彼からはなんだかいいにおいがする。しかも、輝くような黒髪に、ギリシャ神話に出てくる神々のような品のある顔。特に鼻筋の美しさといったら、ウンチャンのボキャブラリーでは表現できないほどだ。美術館にある彫刻よりももっと美しい。生身の人間とは思えない美しさ。道端で俳優と出会ったら、こんな気分になるのだろうか。

ナッキュン、ハリム、ソンギ。このイケメン三銃士は、一体どこの惑星から来たのだろうか。

「10分後にインテリア業者が来るので、ホン社長が担当してください」

「え？　私がですか？」

「あ、ナッキュンも一緒に。イメージは業者に伝えておいたから、サンプルの図面をいくつか持ってくるはずだ。その中から選べばいい。あとはおふたりに任せます」

ウンチャンは美しい男達に囲まれてぼんやり夢心地で立っていた。ハンギョルが声をかけるまでは。

「おい、ついて来い」

え？　誰のこと？　僕？

「各自、仕事が終わったら帰っていい。明日は朝9時に集合だ。働きたくないヤツは来なくていい。面倒だから電話などはしないでくれ。コ・ウンチャン、来い」

そう言い残して、ハンギョルは店を出て行った。その時、ホットコーヒー男がキラースマイルを投げかけてきた。

「コ・ウンチャンだって？　俺はチン・ハリムだ。よろしく」

「ああ」

「とりあえず自己紹介ぐらいしようぜ。お前がナッキュンで、そっちはソンギだな？　年はいくつだ？　俺は21歳だ」

「俺も21歳だ」

「俺は23歳だ」

「…僕は24歳だよ」

瞬間、疑念に満ちた視線がウンチャンに突き刺さった。ウンチャンは不自然な笑みを浮かべながら場の雰囲気を和ませようとした。

「僕が一番年上だね。あ、でもタメグチでいいからさ、気にしないで」

「ウンチャン、ちょっと来い」

ホン社長が険しい表情で呼んだ。ついて行こうとした時、ドアのほうからさらに険しい声がした。

「コ・ウンチャン！　さっさと来い」

「仕方ない。後で話そう」

そう言ったホン社長が耳元でささやいた。わけが分らない、というふうに。

「お前、男だと嘘をついているのか？」

ウンチャンは驚いて目を丸くした。ホン社長が心配そうな目でウンチャンを見つめていた。しかし、現実は厳しいものである。アルバイト募集の対象は男性で、ハンギョルは今でもウンチャンを男だと思っている。そして、ウンチャン自身もあえて自分が女であることを、告げていなかった。

「頼むよ、ようやく見つけたバイトなんだ。女だとバレたらクビになっちゃう。本当のことは言わないでくれ」

外に出るとハンギョルはピカピカに光る新車の前でタバコを吸っていた。煙を吐き出す姿がとても憎たらしい。この男とファーストキス…2週間前のことがオーバーラップして気が狂いそうだ。

「おじさん！」

ウンチャンはハンギョルに近づくと、無意識に戦闘体勢を取っていた。

「この前のこと、僕に謝ってください」

ハンギョルは相変わらず、不敵な笑みを浮かべながらタバコを投げ捨てた。

「ポイ捨てはいけないんだぞ。早く僕に謝って」

「まったく、口の減らないヤツだ。ちょっとふざけただけなのに、いつまでもグズグズ言いやがって。男のクセにセコイぞ」

「ふざけただけだって？　し、舌まで入れといて、ふざけただけだって？」

「うるさい！　黙れ」

ふたりは顔を真っ赤にしながら、お互いを睨みつけた。

「僕があのことでどれほど苦しんでるか分かってるの？　毎日、悪夢にうなされるんだよ。ファーストキスだったのに…」

「なに？　その年でファーストキスだと？　ふん、ふざけたこと言いやがって。男同士でキスしたぐらいで死にゃあしないよ」

「死んだほうがマシさ！　毎日、悪夢にうなされて何度も目が覚めるんだよ。たまったもんじゃないよ」

「そうか、そこまで言うなら勝手にしろ。お前なんかいなくたって店はやっていける。帰れ！」

車に乗り込むハンギョルを見て、ウンチャンは一瞬、ヤバイ！と思った。こんなはずじゃなかった。せっかく転がり込んできたおいしいアルバイトを自ら蹴ってしまったのだ。今月いっぱいで道場を閉鎖すると言った、館長の言葉が思い出された。近所に大型の道場ができて以来、生徒数は減少の一途をたどっていたし、経営が苦しいのは分かっていた。

だけど、まさか閉鎖するなんて、まさに青天の霹靂だ。そんな時、天から降りてきた一筋の希望を自分の手で断ち切ってしまったのだ。ああ！　なんてことをしてしまったんだ！　プライドでは飯は食えないというのに。

「待ってください！　僕をここで働かせて！」

車に乗ろうとしていたハンギョルが動きを止めてウンチャンを見た。ハンギョルの視線を避けるようにしながら、ウンチャンはすばやく助手席に乗り込んだ。

「監視カメラをつけるからな」

「レジのお金を盗むとでも？」

「当たり前だろ。お前はひったくり犯の仲間なんだからな」

ふざけやがって。

ウンチャンは怒りを隠して訊ねた。

「どこへ行くんですか？」

「ボーンチャイナ」

「それってお店ですか？　なにをしに？」

「行けば分かる」

ウンチャンは初めて乗る高級車の革シートの座り心地のよさに感動しながら流れる景色を見ていた。

「ドライブにはやっぱり音楽がないと。カーステレオはこれかな？」

ウンチャンは手当たり次第にボタンを押しまくった。シートが倒れたり、ライトがついたりしているうちに、突然、車の中が明るくなったかと思うと、ルーフが開き始めた。

「ワー！　すごい！　カッコいい。オープンカーの助手席に乗るのが夢だったんです」

「なんで助手席なんだ？　自分で運転しないのか？　男のクセに」

れっきとした女なんだから、夢は助手席に決まってるじゃないか。ウンチャンは心の中で言い返した。

「ところで、お見合いはどうなったんですか？　今でも続けてるんですか？」

「関係ないだろ」

「あんなことまでされて、なんの成果もないなんて悔しいじゃないですか」

「金を受け取ったんだから、悔しがる必要はないだろ」

「人をなんだと思ってるんですか？　お金のためだけに僕があんなことを引き受けたと思ってるん

ですか？　朝鮮王朝時代じゃあるまいし、好きでもない人と結婚しなきゃいけないなんて理不尽だと思ったから、力を貸してあげたんですよ。ひぇ〜！」

車が急停止した拍子に、ウンチャンは悲鳴を上げた。隣の車線から白いセダンが急に割り込んで来たのだ。シートベルトを締めていなければ、オープンカーから放り出されていただろう。

「くそっ、なんて運転してやがるんだ」

「クラクションを鳴らして！」

そう言いながらウンチャンは、助手席から手を伸ばして、自分でクラクションを押し続けた。

「おい、やめろよ」

「また割り込まれた。まったく、くねくね走りやがって。おじさん、ガマンしないで追い越しちゃいなよ」

「よし、いいだろう。ふざけた野郎だ。コ・ウンチャン、しっかりつかまってろよ」

「信号が変わったよ。ゴー！」

ハンギョルのダークブルーのスポーツカーが勢いよく走り出した。そして、一気に白いセダンを追い越した。ところが、その行動が相手の勝負魂に火をつけたようだ。相手もすぐに車線を変更してハンギョルのスポーツカーの真横につけた。

「やろうってのか？　いい根性だ」

「早くしないと行っちゃうよ。隣の車線に移って、早く！」

4本の車線を何度も移動しながら、ハンギョルは再び白い乗用車の前につけた。

「イェース！」

「やった！」

「テールランプが見えなくなるほど、差を広げてやる」

ハンギョルはアクセルを踏み込み、信号が赤に変わりかけた交差点を一気に駆け抜けた。振り向いたウンチャンは、信号にひっかかり交差点で停まっている白いセダンを見て歓声を上げた。

「ヨッシャ！」

「ついて来れるもんなら来てみろ」

ウンチャンが大喜びで飛び上がると、それにあわせるように車体もポンポンとはずんだ。ふたりは喜びを隠せず、笑顔でハイタッチを繰り返した。そのうちにウンチャンは子供のように助手席のシートの上に立ち上がり、周りの車に手を降り始めた。危険だからやめろと言ったが耳に入らないようで、無邪気な笑顔をふりまいている。最後にはカーステレオの音楽に合わせて、踊り始める始末。呆れて見ていたハンギョルだったが、嬉しそうなウンチャンを見ているうちに、いつの間にか、なぜか自分まで幸せな気分に浸っていた。


それから15分ほど走って到着した「ボーンチャイナ」は、食器専門店だった。

展示してある数々のカップや皿を見て、ウンチャンは感動していた。繊細な陶磁器の美しさに心を奪われてしまった。まるで博物館にでも来たような気分だった。明るい照明と静かなクラシックのBGM。ウンチャン以外の人達は足音さえも立てずに、静かに食器を選んでいた。

「おい、ぼんやりしてないで選んでみろ」

「え？　なにを？」

「なにって、コーヒーカップに決まってるだろ」

「ああ、コーヒーカップね。ところで食事はしないんですか？　お腹がすいたんだけど」

「まだ10時だぞ」

「朝ごはんを食べてないんです。ほとんど…」

「ほとんどってなんだよ。食べたのか食べてないのか、一体どっちなんだ？」

「のり巻き1本とゆで卵2個しか食べてないんです」

「それだけ食えば十分だろ」

カップを見ていたハンギョルが、呆れたような笑みを浮かべると、また歩き始めた。ウンチャンは空腹に耐えながら、力なくゾンビのようにふらふらとハンギョルの後をついて歩いた。

美しく華麗な食器の中から一つだけを選ぶなんて、ウンチャンには無理な話だ。家でもバイト先でも、食器を割ってばかりなので、食器だらけの店の中を歩くことさえはばかられる。しかし、前を歩くハンギョルはまったく違っていた。あんなに真剣に食器を選ぶ男なんて初めて見た。

こんな店があるなんて知らなかった。この男はいつも来ているのだろうか。ところで、これって一つ割ったらいくら弁償するんだろう。

ウンチャンは、彼がじっくり見ていたコーヒーカップを手に取った。ウンチャン以外にも、白いブラウスに黒いスカートをはいて首にはスカーフを巻いた、キャビンアテンダントのような女性がふたり、ハンギョルの後をついて歩いていた。彼がなにかを訊ねると、真っ赤に口紅を塗ったくちびるを優雅に動かしながら、親切に説明していた。ウンチャンはそんな彼らの邪魔にならないように、少し離れて歩いていた。

高級ブランドの服に身を包んだ女性達や、結婚を控えた婚約者らしきカップルが、楽しそうに食器を選んでいた。そんな中で、ジーンズ姿でリュックを背負っているウンチャンの姿は、かなり浮いている。周囲の視線が、怪訝そうに自分に向けられているのを感じ取っていた。運悪く目が合ってしまうと、気まずそうに笑い返して場所を移動した。

「おい、なにやってんだ？　ちょっと来てみろ」

真っ赤なシャツに黒いネクタイを締めたハンギョルが手招きした。

あんなに目立つ格好をするなんて、どうかしてるよ。自分をモデルだとでも思ってるのか？　自意識過剰だね。

「好きな色は？」

「何色でも好きですけど？」

「これとこれなら？」

「どっちも悪くないです」

「ゼラニュームとローズマリーなら？」

「え？　どっちがゼラニューム？」

ウンチャンの言葉に、ハンギョルはわざとらしく大きな溜め息をついた。

「もういい。あっちへ行ってティースプーンでも選んでろ」

結局、スプーンコーナーに追いやられてしまった。キラキラ光るティースプーンがいくつも並べられていた。選ぼうとしてじっと眺めてみたが、やはりウンチャンには荷が重い。

いくつか手に取ってみたが、どこがどう違うのかさっぱり分からない。ハンギョルは相変わらずコーヒーカップを吟味している。その表情はまるで鑑定士のように鋭く真剣だった。

「これは少し重いね」

「こちらのほうが軽くなっております。耐久性もあり、軽くて保温性にも優れています。今シーズンの新商品で、異国情緒が漂う人気のデザインなんです」

「モロッコ風だね」

「ご存じなんですね。ボーンチャイナにお詳しいようで」

「デザインはエルメスがいいが、色はウェッジウッドのほうが好きだ。マイセンは少し古風過ぎるしね」

「おじさん」

いつの間にかハンギョルの腕をつかんだウンチャンは、一目で分かるほど動揺していた。

「値段を見ました？　1万2千ウォンだと思ってるでしょ？　まったく呆れた話です。たかがコーヒーカップが12万ウォンですよ」

ウンチャンは左手で1を、右手で2を作って、一層低い声で繰り返した。

「じゅうに！」

「スプーンは選んだのか？」

「え？　いいえ、まだです」

「連れて来た意味がないじゃないか。まったく」

彼はウンチャンを押しのけると、スプーンにフォーク、様々なグラスを手際よく選んでいった。この男、女性より食器のほうが好きなのかもしれない。

ウンチャンは彼が食器を指差すたびに、息が止まりそうになった。あまり数字が得意でない頭で大ざっぱに計算しても、とんでもない金額になるからである。これ以上は恐ろしくて計算できない。

ハンギョルはカウンターの前でクレジットカードを出した。ウンチャンはそんな彼をぼんやりと見つめていた。その時、頭の中に巡り巡っていた言葉が、ふと口をついて出てしまった。

「おじさん」

「そろそろ社長と呼んでくれないか」

「あ、そっか。社長のおじさん」

「〝おじさん〟は省く！」

「社長」

「なんだ？」

「お金持ちなんですか？」

「…そろそろメシにしよう」

オー、イエス！　ごはんだ！

ハンギョルの一言で、ウンチャンの疑問は一瞬にして霧散した。

ウンチャンは、一刻も早くご飯にありつくため、ハンギョルを追い越してエレベータを止めた。地下駐車場フロアのボタンを押し、ドアが閉まりかけた瞬間、カップルが乗り込んできた。

平日の昼間から食器を選んでいる人がこんなに多いことに、ウンチャンは驚いていた。しかも若いカップルの多いこと。仕事はしていないのかな？　そういえば、このおじさんもつい最近まで仕事してなかったよな。どうしてコーヒーショップなんか始める気になったんだろう。あのホテルもそうだし、今日のお金の使い方にしても、そこそこお金のある家の息子に違いない。でも、あんなへんぴな場所で商売を始めるぐらいだから、大金持ちではなさそうだ。ちょっとした中小企業の末息子ってとこかな。

ウンチャンが考えごとをしていると、突然ヒステリックな女の声が聞こえた。

「こんなのってないわ。ひどいじゃない」

「やめろよ」

「だって、ママが買ってもいいって言ったのよ。なのにどうしてダメなの？　私が作った料理をキレイな器に盛り付けて食べられたら、あなただって幸せでしょ？」

女がすねた表情で男をなじる。

「後で話そう」

「あなたに買えと言ってるわけじゃないのよ。私のカードで払うんだからいいじゃない。今でなければ、もうあんなブランド食器なんて買えないかもしれないのに…」

「うるさい。黙れ！」

ベルが鳴ってエレベーターのドアが開いた。女は目と顔を真っ赤にして、その場に固まっていた。男が女の手を引いた。重い雰囲気だ。息もできない。彼らを通り過ぎて車に向かいながらも、ふたりのことが気になって仕方なかった。女が泣きながら叫んだのが聞こえた。

「離して！　もうおしまいだわ。別れましょう」

ウンチャンは視線をそらし、ハンギョルの車へと足を速めた。他人のことなどには興味がないというふうに、ハンギョルはすでに運転席に座ってエンジンをかけていた。ウンチャンが車のドアに手をかけようとした時、突然、後ろのほうでドスンという音がした。ウンチャンが振り向いたと同時になにかが飛んできたので、反射的にその物体を受け止めた。

多少の衝撃を受けたが体が少しふらつく程度だった。鍛えられた体は、一瞬の出来事にも対応できた。

気づくと女が倒れていた。驚いたウンチャンは、すぐに女の体をゆすって声をかけた。

「大丈夫ですか？　ケガはありませんか？」

女を支えようとすると、突然、雷のような怒鳴り声が聞こえた。

「なにをするんだ！」

「え？　起こしてあげようと…」

「俺の女に触れるな！」

男が突進してきたかと思うと、一瞬、目玉が飛び出しそうになった。この男、テコンドーを習っていたのか？

「なにすんだよ！」

ウンチャンは地べたに寝転がったまま、左目を押さえた。頭に激痛が走り、目の前は濃い霧がかかったようだ。

「貴様！　なんてことを」

あ、この声は！　ウンチャンは驚いて体を起こした。目の前で起こっていることが信じられない。車から飛び出した彼が、男に飛びかかっているではないか。

「どこを触ったってんだ。この野郎！」

こんな時こそ、武道家の真髄を見せるべきだ。ウンチャンはハンギョルの腰に飛びついた。

「おじさん、やめて」

幸い、ハンギョルのこぶしは空を切った。

「コ・ウンチャン、離せ！」

大声でわめきながら暴れるハンギョルを、ウンチャンはしっかりと捕まえていた。彼は信じられないほど興奮していた。まるで狂犬のようだ。どう見ても、血統のよい犬ではなさそうだ。

「早く逃げて！」

「こら！　待ちやがれ！　逃げるのか。卑怯だぞ！」

「おじさん、ガマンしなよ」

まったく、目が痛いったらないよ。

8杯目

エスプレッソ
社長に楯突く
勇気をくれるコーヒー

Espresso

ハンギョルの顔はまだ赤くほてっていた。今日のシャツと同じぐらい赤い。怒りがおさまらないのだろう。プチプチを渡したら一気にひねり潰してしまいそうだ。かなり熱くなりやすい性格なんだな。罪のない人にまで八つ当たりをしそうな勢いだ。

「目が痛いよ。このまま見えなくなったらどうしよう」

「うるさい、黙れ！　俺は爆発寸前なんだ」

「殴られたのは僕なのに、どうしておじさんが腹を立てるんだよ？　そりゃあ、100％あっちが悪いけど、僕ひとりでも解決できたのに」

「ふざけんな！　解決できるってヤツが、パンダみたいな顔になるか」

「おじさんは知らないだろうけど、武道家はむやみに手を出しちゃいけないんだ」

「バカ言うな。お前、正直に言ってみろ。テコンドーの師範の免許って、正規のルートで獲得したものじゃないだろ。裏金でも払ったか？　それとも、体でも売ったのか？」

冗談じゃない。黙って聞いてりゃいい気になりやがって。もうガマンできない！

「体を売るって、どういうことだよ！　今の発言、謝って！」

「うるさい。俺は機嫌が悪いんだ。いちいち絡むな」

それでも、さっきよりは少しおさまったようで、顔の赤みはほぼ引いていた。それにしても、なぜそこまで腹を立てるのか、なぜ機嫌が悪いのか、さっぱり分からない。

「大丈夫か？」

「はい」

「ウソつけ。大丈夫なもんか。明日になったらその白い顔に真っ黒なアザができるはずだ。片目のパンダみたいに。オープンが来月でよかったよ。そんな顔じゃ仕事にならないからな」

チェッ！　少しは心配してくれているのかと思ったのに、心配だったのは商売のほうかよ。

「手を出せないんなら、よければいいじゃないか。テコンドーの師範のくせにそんなにカンが鈍くてどうするんだ」

「だから！」

「背は低いし手足も短い。お前なんかに習ってる子供達が気の毒だぜ」

女としては、背が高いほうなんだってば！

「身長との比率を考えたら、決して短くありません！」

「よく言うぜ。俺の脚の半分の長さもないじゃないか」

「なんだって？　もうガマンできない！」

その時、電話のベルがハンギョルを助けた。電話が鳴らなければ、新聞沙汰になってたはずだ。

〝テコンドー師範、傷害罪で逮捕〟

「誰だ？」

あいさつもなく、いきなり〝誰だ？〟かよ。礼儀知らずにもほどがある。そういえば、ウンチャンが初めて電話をかけた時もそうだった。

「お前の兄貴だよ」

「ハンギュ兄さん？」

「バカ、俺だよ。俺！」

「なんだよ、ふざけやがって」

類は友を呼ぶ。この男の友達には正常な人間はひとりもいないようだ。電話から大きな笑い声がもれていた。ものすごく癇に障る笑い声だ。

「今度はなにを企んでいる？　今忙しいんだけど」

「いくら忙しくても、きっと飛んでくるはずだぜ」

「うるせえ。お前のその手には乗らない。切るぞ」

「待てよ。ミスワールドだぜ。ミスコリアじゃなくてワールド！」

「なんだと？　マジか？」

「ああ、チャンミョンの後輩なんだけど、去年のミスユニバースに出場して準ミスになったんだってさ。その子が友達を連れて来るそうだから、お前もすぐに来い」

「場所は？」

「チャンミョンの別荘だ」

「なに？　済州島《チェジュ》の？」

「そうだ。電話を切る前によく考えろよ。ミスワールドだぞ。こんなチャンスは二度とない」

「…」

「来るだろ？」

「何時の便だ？」

そばで話を聞いていたウンチャンは、呆れて開いた口がふさがらなかった。電話を切って路肩に車を止めたハンギョルを見ても、言葉が出ない。こんなシチュエーションがあっていいのだろうか。

「急用ができた。降りろ」

ポカンと口を開けて目をパチクリさせていると、ご丁寧にドアまで開けてくれた。

「タクシーで帰れ」

「はい?」

「バスでもいいぞ」

「お昼ご飯は?」

「勝手にひとりで食え」

「おじさん!」

ウンチャンは道端に置き去りにされてしまった。遠ざかる車を眺めて腹を立てても仕方がない。余計に腹が減るだけだ。


ウンチャンの妹、ウンセには大きな夢があった。夢を持つのはいいことだ。だけど、その夢が歌手だというのが問題だ。まるで、空に浮いている雲をつかむような、途方もない夢なのだ。ウンセを責めるつもりはない。友達のお金を横領してまで、歌の勉強をしたいという熱意には感服する。でも、その前になぜ話してくれなかったのか。切なくて溜め息が出る。それでもウンセは生まれて初めて、努力するということに挑戦していた。母も少しずつ元気を取り戻し、今日も長い時間をかけて美味しいスパゲティーを作ってくれていた。ほっぺが落ちるほど美味しいそのスパゲティーが、手のひらほどの量しかないことが、残念でたまらない。そう、涙が出るほど。

ウンチャンは古い自転車を引いて階段を上っていた。顔を洗って朝食を済ませると、今度は市場の商人達にコーヒーを配って歩く。この仕事はもう3年も続いている。常連さんのコーヒータイムや味の好みは、すべて頭にインプットされていた。モーニングコーヒーを配達し終わって家に帰る途中、肉屋のクさんと会った。

「若いっていいな。昨日まではパンダみたいな顔だったのに、もうすっかりアザが消えたんだな」

「なんだかんだ言っても、頬肉が最高でしょ」

「いい娘がケンカなんかしやがって。お前の母さんがどれほど苦労してお前を育てたか想像がつくよ」

「説明したじゃないですか。電光石火のように攻撃されて、よける間もなかったんだってば」

「スンギョンが卵をワンケース買って来たんだって？」

「はい。アザの上で卵をころがして、早く治してくださいって。可愛い教え子ですよ。それに引き換えテウォンのヤツときたら、師範が殴られたのが恥ずかしくて近所を歩けないなんて言うんですよ。まったくあいつとはどうも馬が合わない」

「お前がスンギョンばかり可愛がるからだよ」

「え？」

「まったく鈍いヤツだな。テウォンはスンギョンを好きなんだ」

「それは知ってるよ」

「じゃあ、スンギョンがお前を好きなことも知ってるか？」

「それも知ってる。それがなにか…。まさか、嫉妬？　まだ小学生ですよ！」

「遅れてるな。最近では幼稚園児でもペアリングを交換するらしいぞ」

「だけど、僕は大人なんですよ。それに、れっきとした女なんだ」

「分かってるさ。だがな、自分のことを〝僕〟なんて言ってるようじゃ女とは呼べないな。ちっとも女らしさってものがない。ところで、お前、コーヒープリンスとやらに就職したんだって？」

「どうしてそれを？」

「どうするつもりなんだ？　新社長ってのが変わったヤツらしいじゃないか。イケメンプロジェクトかなにかを企画してるんだって？」

クさんがホン社長の飲み友達だってことを忘れていた。

「俺達はお前が男でも女でもいいけど、店ではそういうわけにはいかないだろうからなぁ。コーヒーを飲むためにわざわざ高い金を払うのは女性が多いから、若くていい男を採用したそうだが」

「あ！　そういうことだったのか」

「お前、知らなかったのか？　それで、どうするんだ？」

「なんとか頑張ってみるよ」

「女だとバレたら？」

「まさか、裁判沙汰にはしないでしょ？」

「大した度胸だ。いくら男みたいな体型だとはいっても、バレるのは時間の問題だぞ。男と女は違うんだ。どこが違うかなんてヤボなことは聞くなよ」

「服を脱がなきゃ分かりませんよ。あのホン社長だって1年も僕を男だと思ってたんだよ。それも、僕が女子トイレに入るのを見て気づいたんだから、トイレだけ気をつければ平気ですよ」

「いや、俺は心配だ」

「時給5000ウォンですよ。今どき、そんなにいいバイトはないよ。あ、これは秘密だからね」

「そんなにバイト代を払って、商売になるのか？　ホン社長は、自分ひとりでやってても家賃を払えずにいたのに。しかも、あの小さな店に従業員が4人だって？　人件費だけでいくらかかるんだ？どう考えても、1ヶ月ともたないな」

「縁起でもないこと言わないでよ」

「そういうわけじゃないけどさ」

「朝っぱらから、気分が悪くなっちゃったよ」

「待てよ。スープの具をやるから持ってけ」

「いらないよ」

「いじけてんのか？」

「子供じゃありません」

「女ってのはすぐにスネるからな」

「偏見は捨ててください。そんな考え方だから、いつまでたっても結婚できないんだよ。それで、肉はくれるんですか？　くれないんですか？」

「え？　ああ。お母さんをいたわってあげろよ。季節の変わり目のせいか、最近、肌の状態がよくないようだ」

「おじさんが心配しなくても平気だよ。ママの肌は僕の肌よりキレイだから」

肉をもらいながらも、1ヶ月ももたないという言葉が頭に残って、どうも気分が晴れなかった。

家に帰っていくら計算しても、やはりクさんの言うことが正しいように思える。そのうえ、社長が購入した高価なコーヒーカップや最高級インテリアの費用まで入れると、開店、即閉店…なんてことになりそうな気がして不安だ。


社長は一体、なにを考えているのだろう。

普段、頭を悩ませることなどないウンチャンでさえ、頭痛がした。社長に直接聞いてみたいのだが、当の社長が姿を見せない。あれやこれやと山ほどの指示だけを残して、ホン社長とふたりで姿をくらましたのである。コーヒープリンスの味を探すためだとか…？

　時給５０００ウォンの従業員４人は、開店チラシのデザインを考えていた。その時、ウンチャンが訊ねた。

「バイト代はちゃんともらえるのかな」

「もちろんさ。それなりの計画があるから採用したんだろう。それぐらい計算済みさ。ＩＱが低そうには見えなかったぜ」

　ナッキュンが言った。

「ＩＱってなんだ？」

　ウンチャンの質問に、ナッキュンは黙って、人差し指で自分の頭を突ついた。

「頭？　そんなに賢そうには見えなかったけど？」

「ところでさ、社長の車を見たか？　数億ウォンはするぜ」

「え？　億？」

「社長が着てた革ジャン、エルメスのだぜ。俺もああいうの着てみてエよ。時計は少しオヤジくさいけどダイヤ入りのロレックスだったし、とにかく、頭からつま先まですべてブランド物で固めてるのを見ると、こんな店に投資するカネぐらい、どうってことないはずだ。お坊ちゃまの暇潰しで始めたに違いないさ」

　ハリムが言った。どんな憎まれ口を叩いても、こいつだけは憎めない。なんて可愛いんだろう。ソンギは今日も静かなカリスマオーラを放ちながら、コーヒーを試飲していた。それが今日のソンギの任務だ。社長がブレンドしたコーヒーを飲んでみて、味を評価しろと言われていた。

なにはともあれ、そんなにお金があるならバイト代は心配なさそうだ。豪華なホテルの特別室に滞在していたのを見ると、確かにコーヒープリンスは暇潰しなのかもしれない。

「マイ・チャン！　これを見てくれ。昨日撮ってきたんだけどさ。チャンはどっちがいいと思う？」

マイ・チャン？　なんだ？

不思議そうに見つめられたハリムは、キラースマイルを炸裂させながら説明した。

「ｍｙ・ウンチャンの略さ。ウンチャン兄貴は俺の好みのタイプなんだ。女だったら絶対に放っておかないのに。で、これからは〝マイ・チャン〟と呼ばせてもらうよ。でさ、どっちがいい？」

ハリムが携帯電話を差し出した。ハリムとソンギがモデルとなり、何着かのユニフォームを着てポーズをとっていた。ふたりとも、なにを着てもサマになっている。それを見たウンチャンは苦笑いを噛み殺した。自分とは違い過ぎるからだ。

イケメンプロジェクトに自分なんかが加わっていてもいいのだろうか。実際は身長も足りないし、イケメンに写っている面接用の写真も、ウンセがパソコンで修正したものなんだけど。


従業員の力を効率的に活用し、最大限の能力を発揮させるためには、彼らにもオーナー的意識を持たせることだ。言い換えれば、コーヒープリンスを自分の店だと思って働けるようにすることである。そのためには売り上げの内容を透明にして、対話の窓口を開けておくことが重要だ。それを重視していたハンギョルは、コーヒープリンス従業員の初めての食事会で、熱心に意見を交換する従業員の姿に、至極満足していた。

「赤は派手すぎる。やっぱり白が一番いいよ。無難だと思わないか？」

「ホン社長は分かってないな。インテリアも落ち着いた雰囲気に統一したんだから、俺達は目立たなきゃいけないんだ。実際、コーヒーの味なんて、どこのカフェだって似たようなもんだろ？　有名なチェーン店にはかなわないんだから、俺達の容姿で客を呼び込むんだ。社長だってそのつもりで俺達を採用したはずだぜ。違いますか？」

「だが、大事なのは顔だけじゃない」

「サービスも大事ですよね。そんなことは分かってます。親切な従業員、それって基本でしょ」

「もうひとつ、セックスアピールも必要だ」

「はい？」

「また来たくなるようにな。そのためにお前達を選んだんだぞ。さあ、ユニフォームを決めよう。ナッキュンはどの色がいい？」

「俺はモノトーンがいいと思います。清潔感があるから」

「ソンギは？」

「俺はなんでも」

ハンギョルが予想していた通りの言葉が返ってきた。ウンチャンはピンクがいいと言いそうだ。ウンチャンがピンクのシャツを着たら、まるで綿菓子のようにふわふわして見えるだろう。そこまで想像したハンギョルは、思わず自分がニヤけてることに気づき、白々しくカラ咳をした。バレンタインデーの悪夢がよみがえったからだ。ところが当の本人は、なにも知らずに夢中で肉を頬張っている。

「おい、コ・ウンチャン！」

皆の視線が一斉にウンチャンに向けられたが、本人は返事をできる状況ではなかった。口の中は豚バラ肉でいっぱいだ。目だけをパチクリさせながら、皆の顔を見回している。一体、ひとりで何人分の肉を食べているんだろう。今後、こいつの食費だけでいくらかかるんだ？　牛を飼うほうがマシかもしれない。

「もういい。お前は食ってろ。俺達で決めるから。赤はハリムだけだな？」

ハリムがウンチャンのわき腹を突ついた。ウンチャンはなんのことかも分からずに、反射的に手を上げた。

「赤はふたりか。じゃあ、白は？」

ホン社長とナッキュン、そしてソンギが手を上げた。無口で自己表示などしそうにないソンギが手を上げたなら、赤は絶対にイヤだという意味だろう。

「チェッ！　赤のほうがファッショナブルでいいのに。皆臆病過ぎるよ。僕だけでも赤を着ちゃダメですか？」

「どうしても着たいならそうしろ」

「マジっすか？　本当にいいんですか？」

「かまわないさ。学校の制服じゃないんだぞ。そういえば、大学はどこだっけ？」

「浪人してるって言ったじゃないですか。ナッキュンは休学中でソンギはなにやってんだっけ？」

「俺は…」

その時、携帯電話の呼び出し音が鳴った。皆がポケットから電話を取り出したが、呼び出し音は鳴り続けている。視線がウンチャンに集まった。

「マイ・チャン、電話だぞ」

「ああ」

片手でサンチュで包んだ肉を口に放り込みながら携帯電話を取り出したウンチャンは、誰からの電話なのか見もせずに電源を切った。

「出なくていいのか？」

「あいつ、食事中は電話に出ないんだ」

ホン社長の説明に、皆納得した。

「お前らも早く食べろ。ウンチャンに全部食われちゃうぞ。社長、一杯どうぞ」

ホン社長がハンギョルに酒を注いだ。次にハンギョルが従業員に酒をついで回った。皆酒は呑めるようだ。ソンギは肉をほとんど食べずに酒ばかり呑んでいたし、ハリムはたった2杯で顔を真っ赤にしていた。酒を注いでもらうときのナッキュンの礼儀正しさは、誰よりも大人っぽかった。

「ホン社長は結婚してるんでしょ？」

「ああ、子供がふたりいる」

3杯目の焼酎を呑み干したハリムは、すでに酔いが回っているようだ。言葉数も多くなりヘラヘラと笑ってばかりいる。男だというのに、なんとも可愛らしい。

「社長はまだシングルですよね。恋人はいるんですか？」

「いなかったら紹介してくれるのか？」

「紹介する必要なんてないでしょ。社長ほどのルックスなら、いい女が列をなすはずだけど？」

「女なんか面倒だ。鉢植えに水をやるのも面倒なのに、女なんかと付き合ってられるか」

その時、店内にウンチャンの声が響き渡った。

「おばさん！　ここ、網を替えてね。それから豚バラ3人分追加ね。あと、キムチも」

網を交換して肉が焼けるまでの間、ウンチャンは水キムチの汁をズズと音を立てて飲んだ。こんなによく食べるヤツは初めてだ。大食い大会に出場したら優勝できそうだ。

「ねぇ、それ、食べないの？」

「え？　これはテーブルに落ちたんだ」

「大丈夫だよ。ちょうだい」

挙句の果てには、テーブルの上に落ちた肉さえ食べる始末だ。その時、ハリムが意地悪そうな表情で肉を一切れ床に落とした。

「落としちまった。捨てなきゃ」

「ダメだよ。もったいない。もう一度焼けば食べられる」

ハリムがケラケラと笑いながら肉を渡した。そして、女を誘惑するようなセクシービームを目から放ちながら、ハンギョルの耳元でささやいた。

「社長、見たでしょ？　マイ・チャンは地べたに落ちたもの以外はなんでも食べるんです。この間皆でジャジャン麺を食べたんですけど、ソンギが少し残したんです。そしたら、それも全部平らげたんですよ。あんな人間は初めて見ましたよ」

皆が不思議そうにウンチャンを見ると、ホン社長が口を開いた。

「修学旅行でも、あいつだけが元気に帰って来たんだ。旅行中の食事に当たって、同級生は皆病院に運ばれたってのに、ひとりだけけろっとして帰って来たという伝説的な子供がコ・ウンチャンなんだ。病院に運ばれた皆は、ベッドにはいつくばって、おかゆすら口にできなかったのに、あいつは釜にナムルとキムチをぶち込んで、釜ごとビビンバにして完食したんだ」

皆大納得の表情で頷いていた。ただひとりケラケラ笑っているハリムに、ハンギョルが言った。

「これからはしっかり監視しろよ。コーヒーカップを食われちゃ大変だ」

お腹をよじって笑っているハリムのそばで、ナッキュンもニヤリと笑った。だが、ソンギは相変わらず無表情なままで焼酎ばかりを呑んでいた。それがソンギの魅力でもあった。口数は少ないが存在感があり、笑わないが冷たい印象を与えない。そして、いくら観察しようとしても本心を読み取れない謎めいたヤツ。初めて見た瞬間から、ウンチャンは魅力的なヤツだと感じていた。

そんな時、ハリムがホン社長に絡み始めた。

「やめろよ。飲み過ぎじゃないのか？」

「いいじゃないか、おじさん」

チュッ！

皆唖然としていた。ハリムがホン社長の頬にキスをしたのだ。

「な…なんてことをするんだ！」

驚いたホン社長が手で頬を拭いている間、皆は動きを止めて、ハリムの行動を注視していた。しかし、そんな視線はおかまいなしで、ハリムはひとりずつ順番に擦り寄っていった。どう考えてもナッキュンにはキスできないと読んだハリムは、今度はソンギのそばに陣取った。酔っていても、その辺の計算はしているようだ。ソンギがいくら抵抗しても無駄だった。頭を押さえつけて頬にキスすると、新たな目標へと移った。

「酒癖の悪いヤツだな。あれで何人の女を泣かせたんだろう？」

ウンチャンはそばでなにが起こっているかにも気づかず、一生懸命に肉を焼いていた。そして、突然目の前に現れたハリムを見て、びっくり仰天していた。ハンギョルの視線は無意識のうちに、ウンチャンの白く柔らかい頬に向かっていた。肉を焼く火の熱と酒のせいで、頬はほのかなピンク色に染まっていた。なぜだか分からないが、ハンギョルはこの状況が気に入らなかった。ウンチャンに擦り寄っていくハリムを張り飛ばしたい気分だった。

「マイ・チャーン！」

「え？」

ウンチャンが振り向いた瞬間、ハリムがくちびるを突き出した。

ふたりのくちびるがぶつかった。驚愕の中、皆の視線がふたりに集まった。当のハリムも驚いたようで目を丸くしていた。ハンギョルはハリムの頭を殴ってやりたい衝動にかられていた。なぜか、ものすごく腹が立った。ふたりが並んでいる姿を見ていたくなかった。ハンギョルの心の中で何者かが叫んでいた。

〝そのくちびるは俺のものだ〟

「なにするんだよ!!」

ウンチャンの大きな声とともに、ハリムは力なく後ろに倒れ込んだ。ウンチャンがハリムに平手を食らわしたのだ。

「チャン」

「なんだよ！」

「肉が焦げる」

ホン社長の一言で事態はおさまった。店内にいた客が驚くほどの大声で怒鳴っていたウンチャンが、何事もなかったかのように肉をひっくり返している。ハンギョルは食欲が失せ、頭を掻きむしりたいような心境に陥っていた。

夜10時を過ぎた頃、ハンギョルは一行とともに店を出た。ホン社長とともに、前を歩いている4

人の従業員を眺めていた。あんなに肉を食べた上に、ご飯にスープまで飲み干したウンチャンと、殴られても幸せそうにウンチャンのそばで笑っているチン・ハリム。呑んだ勢いで少しずつ喋り始めたクォン・ナッキュン。そして、女達がヨダレをたらしながらどんなに見つめても、沈黙のオーラを出しつづけているノ・ソンギ。

４人とも個性があり過ぎて、ぶつかりはしないかと心配だ。最初は、小さなコーヒーショップの建て直しなど、朝飯前だと思っていたのに。

ハンギョルは交差点にある、人気のコーヒーショップに彼らを連れて行った。各自６杯ずつ（！）のコーヒーを注文し、無理やり飲ませた。

「午前中、俺がブレンドしたのを飲んだか？」

「あれならマイ・チャンが４杯も飲んだんです。量が少ないとかなんとか言いながら」

答えを遮ったハリムは、なにが面白いのか、またお腹を抱えて笑っていた。そんなハリムを見ながら、ナッキュンが冷静に答えた。

「最初に飲んだ時は…」

「どうだった？」

「少し苦みがあって渋みもあって、舌がしびれるような感じがしました」

「ソンギは前にも飲んだことがあるだろ？」

「はい」

「比べてみてどうだ？」

「よく分かりません。でも…」

「でも？」

「俺には少し重かったかな」

「口に合わなかったか？」

「口に合わないと言うより、俺はコーヒーの香りが好きなだけで味のほうは…」

「そんなこと、聞いてどうするんですか？　社長がコーヒーを飲めと言うから飲みましたけど、フロアの従業員はそんなことまで知らなくてもいいんじゃないですか。それはコーヒーを淹れる人が知ってればいいことだ。ホン社長がちゃんと作ってくれますよ。ね、おじさん」

ハリムがヘラヘラしながらホン社長に顔を近づけた。

「気持ち悪いから離れろ」

「おい、テコンドーマン、お前はどうだった？」

キャラメルマキアートの泡を幸せそうに舐めていたウンチャンが顔を上げた。口元には泡がついたままだ。その目は、いたずらがバレたヤンチャ坊主のようだ。

「な…なにがです？」

「俺がブレンドしたエスプレッソの味だよ」

「ああ、あれは苦過ぎます」

「4杯も飲んでそれだけか？」

「とても濃くて…、あ、そうだ。眠くない」

「なんだと？」

「お昼ご飯の後、いつもは眠かったんだけど、あれを飲んでから眠気がなくなりました。なにか覚せい剤的な成分でも入ってるんですか？」

「それで、覚せいしたのか？」

「覚せい？　どうして僕が？　覚せいすべきなのは社長のほうです」

「なに？　俺がなにをしたと言うんだ？」

何気なくそう言ったハンギョルは、ウンチャンの意味深な目つきにムッとした。ウンチャンは思い出しても腹が立つというような表情だ。残りの4人も探るような目つきでふたりを見ていた。ハンギョルは眉間にシワを寄せてウンチャンを睨みつけた。ウンチャンは間違いなく、バレンタインデーのキス事件のことを言っているのだ。

こいつ、なにを言うつもりだ？　まさか、ここであのことをバラすつもりじゃないだろうな。

「ふざけたことを言いやがったら、ただじゃおかないぞ」

「そんな言葉に怖気づくと思ったら大間違いです！　アルバイトにも人権があるんですから。そんなふうにバカにするなら出るところに出て…」

「なんだと？　俺に楯突くつもりか？」

「冗談じゃないぜ。僕がいつ楯突いたんですか？　誰か、僕が社長に楯突くのを見たか？　見てないよな？　ほら。社長なら従業員になにを言ってもいいと思ってるんですか？」

「ウンチャン、やめろ」

興奮で顔を真っ赤にしているウンチャンを、ホン社長がなだめた。

「おじさん、止めないでよ。これからが面白いんだから。世の中で一番面白いのはケンカ見物だぜ」

「お前たちも一緒に止めろ」

「昔から名画とケンカは遠くから見ろと言いますからね」

ナッキュンまでそう言うのを聞いて、ハンギョルは口を結んだ。このままウンチャンのペースに巻き込まれたら、俺の体面はズタズタになってしまう。あいつと話しているといつもムキになってしまうのはなぜだろう。ここは黙っているのが一番だ。

ハンギョルはカフェオレを一口含むと、落ち着いた社長らしい口調で言った。

「これからはホン社長も勉強が必要です。この仕事を続けるつもりならバリスタの資格を取っておいたほうがいいでしょう。正直、今のところ、コーヒーの味は中の下ですから」

ホン社長の顔が一瞬赤くなったが、彼は無理に不自然な笑みを浮かべた。

「中の下はひどいな。10年前は俺のコーヒーを飲むために、あの店に女子大生が列を作ってたんですよ。チャンは知ってるよな？　家内と俺との馴れ初めを話してやってくれ」

「いいよ。ところでバリスタってなに？」

…呆れて言葉も出ない。コーヒーショップで働こうというヤツがバリスタを知らないなんて。ハンギョルは、ウンチャンの質問を無視して続けた。

「3ヶ月後には売り上げが3倍になるはずです。そうしたらこの店はホン社長にお譲りしますから頑張ってください。このメンバーで続けることができれば、よほどのことがない限り現状は維持できるでしょうから」

「それはどういうことですか？　３ヶ月で辞めちゃうんですか？」

ナッキュンの問いに、全員の視線がハンギョルに集中した。皆、わけが分からないという表情だ。しかし、ハンギョルは自信満々な笑みを浮かべて頷いた。

「どうして？」

ハンギョルはウンチャンを見た。責めるような視線が突き刺さる。生意気なヤツだ。

「ある人と賭けをしたんだ」

ハンギョルは眉をひそめるウンチャンを直視しながら答えた。

「３ヶ月以内に売り上げを３倍に伸ばすと。そうすれば俺はしがらみから自由になれるという条件でね。そのためにお前達を選んだ。ホン社長、売り上げが３倍以上になっても、買った時と同じ金額でお譲りしますからご心配なく」

「ナメたこと言ってんじゃねえ！　ひどいじゃないか」

突然、ウンチャンが声を荒げた。

「あんた、何様のつもりだか知らないけどさ、おじさんの前でよくそんなことが言えるね!?　超ムカツクヤツだぜ。少しは礼儀をわきまえなよ」

「なんだと！　もう一度言ってみろ」

「ウンチャン、やめろ」

「おじさん、言わせてよ。おい、このヘンタイのイモムシ野郎。何様のつもりか知らないけど、ついこないだまでプー太郎だったくせに、お金持ちだからって偉そうにしないでよね。売り上げを3倍にするだって？　たとえできたとしても、それはあんたの能力じゃないよ。あんたが持ってるカネの力さ。おじさんが自分より劣ってるとでも思ってるのか？　中の下だって？　ふざけんじゃない！　あんたなんかに人を評価する資格などないんだ！　このゲス野郎！　イモムシ！　ゴミ人間！　サイテー男！」

9杯目

ウィーンには ウィンナーコーヒーが ない

Design cappuccino * a seal

洗面器に顔を突っ込んで溺死するか、それとも壁に頭をぶつけて死ぬか？　どっちもイヤです。僕はまだ死ねない。ウンセの学費も稼がなきゃいけないし、銀行の融資も残っているもの。じゃあ、ひざまずいて謝るか？　それとも始末書を書くか？　どっちもイヤです。謝るのもイヤだし、始末書も書きたくない。知らん顔して仕事を続けちゃダメですか？

夜通し神様と話し合った末、ウンチャンはいつも通りコーヒープリンスに出勤した。いくら社長が憎らしくても、こんなにおいしいバイトを辞めるわけにはいかない。あの時、あの一瞬だけガマンするべきだった。

憂うつな気分のまま店に到着したウンチャンは、工事中の作業員を見回しながら、厨房から出てきたホン社長にペコリと頭を下げた。

「その顔はどうした？　天下のコ・ウンチャンが社長と言い争ったぐらいで夜も眠れなかったのか？」

「違うよ。眠くなかったんだ」

「冗談だろ。３秒じっとしてるだけで眠りに落ちるヤツが」

「コーヒーを飲み過ぎたせいだよ。ところで、社長は？」

「今日は来ない」

「なにか言ってた？」

「いや、なにも。もうすぐ印刷所からチラシが届くから、それでも配って来い。ところで、あの若社長、そんなに悪いヤツじゃなさそうだぞ」

「どこが？」

「昨日のことは酒の席でのことだから、お前を許してやってくれと頼んだら……」

ウンチャンは耳をそばだててホン社長を見つめた。

「そしたら、なんだって？」

「しっかりしつけるそうだ」

「はい？　しつける？」

「ああ、噛みグセの悪い犬のしつけ方を知ってるそうだ」

「何？　犬だって？　それって僕が犬だってこと？」

ウンチャンが声を荒げたと同時に、店のドアが開き、ナッキュンが出勤してきた。

「ナッキュン、おはよう。さすが几帳面なヤツだ。9時ピッタリだ」

「おはよう、ウンチャン兄貴。よく眠れた？　あれ？　今日は一段と目が大きく見えるぜ。徹夜でもした？」

昨日の出来事以来、皆の態度が変わり始めた。はじめからウンチャンに懐いていたハリムは当然のこと、年寄りのように黙りこくっていたナッキュンは笑顔で話しかけてくるし、無表情だったソンギまでがキラースマイルを投げかけてきた。素敵な3人の男に囲まれて超ハッピーなはずなのに、眠くて彼らの顔がよく見えない。

ホン社長は、中の下と言われたコーヒーの味を改良しようと一生懸命だ。チラシは、ふたりずつに別れて配ることにした。ウンチャンは素早くソンギをキープした。ハリムとナッキュンのそりが悪いのを知って、わざとふたりを組ませたのだ。一緒にいれば少しは打ち解けるだろうと。

「あれ、チャン先輩じゃない？」

「ホントだ！　ウンチャン先輩」

「お兄ちゃん！」

手を振りながら駆け寄ってきたのは、ウンセと同級生達だった。

「ウンセ、学校サボってなにやってんだ？」

「お兄ちゃん、今日は土曜日よ」

「そんなの分かってるよ。たまには図書館で勉強でもしろよ」

「もう！　怒鳴らないでよ」

「先輩、新学期が始まったばかりで、まだ宿題もなにもないの。ところで、ここでなにしてるの？　私達も手伝おうか？」

「先輩、この人もここでバイトしてるの？　超カッコいい！」

チラシを奪い取った女子高生達が、ソンギをチラチラと横目で見ながら、キャーキャーと黄色い声を上げている。

「お兄さん、お名前は？　マジ素敵ですね」

勇気あるひとりが話しかけると、女子高生の視線が、一斉にソンギへと集まった。次の瞬間、彼女達は携帯電話を取り出して、ソンギを撮影し始めた。ウンセまでも…。

突然、自分のファンクラブが結成されても、ソンギは相変わらずポーカーフェイスのままだ。困った顔も、面倒な顔も、まして嬉しそうな顔もしない。

「お姉ちゃん、彼の電話番号知ってる？」

ウンセが耳元でささやいた。ウンチャンは焦ってウンセの口をふさいだ。

「〝お兄ちゃん〟と呼んでよ」

ウンチャンは、ウンセと女子高生達を慌てて追い払った。いつ何時、〝お姉さん〟とか〝女子高の先輩〟って言葉が飛び出すか分かったもんじゃない。心臓は猛スピードで鼓動していたが、ソンギはまったく知らん顔だ。

店に戻って皆とお昼を食べようとすると、空が曇り始めた。一雨来そうだ。ハリムとナッキュンはチラシを配る間、一言も口をきかなかったらしい。冷え冷えとした雰囲気を取り繕ってみようとウンチャンが言葉を選んでいる時、配達のバイクが到着した。

「あ、あいつは…」

ホン社長の言葉に振り向いたウンチャンは、見覚えのある顔を見て立ち上がった。

「ゴリラ男！」

ウンチャンがそう叫ぶと、男はバイクから降りて近づいてきた。体の大きさはさておき、真っ黒な顔に鋭い目つきがどうも気に食わない。

「おい、チャン」

立ち上がるウンチャンを、ホン社長が心配そうに引きとめた。

「平気さ」

ウンチャンは店を出て、男と向かい合った。雨粒が落ちてきた。

「久しぶりだな。いいバイクじゃないか。これは買ったのか？　それともまた盗んだのか？」

なにが気に入らないのかゴリラ男は、不機嫌そうな表情のまま押し黙っている。

「真面目に生きろよ。今度ひったくりなんかしたら、すぐに警察行きだからな」

「勝手に言ってろ」

「なんだと？　まだ分かってないようだな。そんなことしてたら、独りぼっちの監房で寂しく死ぬことになるんだぞ。それとも、その辺の道端で人生にピリオドを打ちたいのか？」

「校長の訓話を聞きに来たわけじゃねえ」

「〝訓話〟って言葉は知ってるんだな。案外、頭いいじゃん」

「能書きはいいから、今日こそ決着つけようぜ」

「しつこいヤツだな。この間、話しただろ。テコンドーの師範は道場以外でこぶしを使えないのさ。それが武道家の心得ってもんよ」

「だったら、黙って殴られてろ」

突然、ゴリラ男が殴りかかってきた。危ういところでよけたが、下手をするとこの間と同じ場所に、まだアザを作るところだった。理由は分からないが、かなり腹を立てているようだ。今回は大食い勝負は通用しそうにない。

「そうか、お前、まだウンセの後を追い掛け回してんのか？　それで僕を目の敵にしてるんだろ」

「うるせえ！　かかって来い」

「お前ごときのせいで、職を失うわけにいかねえんだ。アレで勝負だ」

「大食いはゴメンだぜ」

「バカ言ってんじゃねえ。今日は僕もむしゃくしゃしてるから、アレで勝負しようぜ」

ウンチャンが指差したのは、店から10mほど離れた場所にあるゲームセンターの入り口に置いてあるパンチングマシーンだった。

「点数の高いほうが勝ちだ。一発勝負だぞ。いいな？　負けても文句なしだぞ」

「お前こそ、覚悟しろよ」

「男と男の約束だ」

ウンチャンが手を出して握手を求めたが、ゴリラ男はその手を振り払ってマシーンへと向かった。コインも自分で入れた。先攻はゴリラ男だ。男は全身に力を込めてパンチを飛ばしたが、ウンチャンのパンチはそれとは逆に、小さくてキレのいいものだった。点数を見るまでもなく、決着はついた。案の定、マシーンはウンチャンに高得点を与えた。信じられないような目でウンチャンを見つめていたが、男は意外にもあっさりと負けを認めた。腕力勝負で負けたのだから、認めるしかない。大男が小さなウンチャンに負けたのでさらにプライドが傷ついたのだろう。険しい表情のままだったが、再試合を挑むことはなかった。

バカなヤツ。僕はこのマシーンとやりあって4年も経つんだ。この機械に関しては知り尽くしてる。100回やっても負けはしないさ。

ウンチャンはニヤリと笑うと、遠ざかるバイクに向かって手を振った。


快適な環境と美味しいコーヒー、それにイケメン従業員の行き届いたサービスがあれば、勝負は決まったようなものだ。今までの売り上げを考えると、3倍どころか5倍も夢ではない。ハンギョルは自信に満ち溢れていた。それに、意外にもこの仕事に楽しさを感じている。最初は、家族から逃げ出すために仕方なく始めたのだが、やってみるとことのほか面白い。成功すればこの上ない喜びを感じるだろう。

明け方までポーカーに興じていたハンギョルは、お昼をかなり過ぎた頃、目を覚ました。寝ぼけまなこでコーヒーを淹れている時、ちょうど兄が帰って来た。パンツ1枚のハンギョルを見た兄は怒りをあらわにした。

「なんだ、その格好は!」

これだから家はイヤだ。

「義姉もいるのに、そんな格好でうろうろするんじゃない」

ハンギョルはコーヒーを手に、自分の部屋に戻っていった。2階はリビングとキッチンを間に挟んで、ハンギョルの部屋と兄の部屋に分かれていた。ハンギョルの部屋は左側、兄夫婦の部屋は右側にある。ハンギョルの部屋とは言っても、滅多に帰って来ないため、あるものといえばシングルベッドとブルーグレーのソファー、それに壁にかけてある巨大な液晶テレビだけだ。それ以外はなにもない空間なので、部屋の中で3連続バック転でもできそうだ。

「そこに座れ」

「説教ならやめてくれよ。昨日、会社に呼ばれて父さんにさんざん聞かされたから」

「いいから座れ」

ハンギョルはコーヒーを一口飲むと、兄が座っているソファーの隅に腰を下ろした。

「いつまでも遊んでないで、そろそろ父さんの仕事を手伝えよ」

「兄貴はなにも知らされてないんだな。俺は今、コーヒーショップのオーナーをやっているんだ。目が回るほど忙しいんだぜ」

「おばあさんの気持ちが分からないのか？　お前に自分の才能を気づかせるためにテストしてるんだ。３ヶ月もの時間を無駄にしないで、会社で才能を発揮しろよ」

「なんと言われようが、俺は俺のやりたいようにやるんだ。会社は兄貴と義兄さんがいるから問題ないだろ。どうして俺まで必要なんだよ。俺ひとりぐらい、自由に生きさせてくれよ。死ぬか生きるかの戦場に俺まで立たせたいのか？」

「父さんがそれを望んでるんだ」

「俺がマイスターにでもなると思ってんのか？　アメリカで俺が遊びほうけてたことは知ってるん

だろ？　正直、勉強なんかしてないんだ。昼も夜も遊び歩いて、女の尻ばかり追いかけてた。そんなヤツが会社に入っても、なんの役にも立たないさ」

「クリス・チェ」

いきなり兄の口から出た名前に、ハンギョルはギクリとした。兄の目は真剣だった。

「モルガン・スタンレー主催のミューチュアルファンド投資ゲーム優勝者」

「それは…。なんで知ってるんだよ」

「おじいさんがお前を溺愛したのには理由があるんだ。子供の頃、おじいさんによく質問されたのを覚えてるか？　お金は１０００ウォンしかないのに、10万ウォンのスケート靴が欲しかったらどうするかって。孫たちが集まると、いつもその手の質問をした。その時、お前がなんと答えたか覚えてるか？」

「さあ、覚えてないな」

「皆がスケート靴を諦めて、他の物を買うと答える中、お前はおばあさんが買ってくれると言ったんだ。もうすぐ誕生日だからって。だから持ってる１０００ウォンで大好きなプラモを買うと」

「そんなありふれた答えをよく覚えてるな」

「おじいさんはすごく喜んでた。１０００ウォンもスケート靴も手に入れるヤツだと。お前がいくら会社を嫌ってても、おじいさんは常にお前を後継者として見ていた。酒を呑むたびに〝後継者はハンギョルしかいない〟と豪語してたからな。叔父さんや理事達の間では有名な話さ。だからお前にこだわってるんだ」

「父さんは嫌がってただろ。自分を差し置いて俺が後継者になるとでも思っていたようだ。伯父さんはもっと嫌がってた。高校を卒業するまで、顔を合わせるたびに言われたからな。会社に入りたければ、武器を持たずに戦場に立つ覚悟をしろと。ファミリー企業とはいえ会社では誰も信じられないし、信じてはいけないと」

「ガキに向かってそんなことを？　それで？　それが怖くて会社に入れないとでも？」

ハンギョルはカップの底に残ったコーヒーを飲み干して、立ち上がった。

「シャワーを浴びたら出かけるんだ」

「ハンソンの動きが怪しい」

「俺には関係ない」

「父さんが国から調査を受けるかもしれないんだ」

「なんの容疑で？　脱税か？　それともマネーロンダリング？　粉飾決済？　まあ、いくらでも容疑はあるからな」

「なんだと！」

「伯父さんが死んだ時のことを考えると、調査ぐらい受けても当然だろ。伯父さんだけが悪者になり、父さんは関係ないフリをした。そのせいで伯父さんは死ぬことになり、父さんは漁夫の利で会社を手に入れた。ハンソン兄貴が怒るのも当然さ」

「いい加減にしろ。お前はどっちの味方なんだ？　ハンソンとつるんでいるうちに寝返ったのか？」

ハンギョルは浴室の前で立ち止まった。そして、怒りをあらわにしている兄に対して攻撃的な言葉を浴びせかけた。
「子供じゃあるまいし、どっちの味方かなんて聞いてどうするんだよ。それを言うなら皆グルじゃないか」
「どういうことだ?」
「だって、皆同じ血が流れてるじゃないか!」
……俺以外は。
ハンギョルは浴室に入り、シャワーのレバーを押した。頭が熱い。胸が苦しい。記憶の中の言葉たちが頭の中でこだました。
――そんなに厳しくしちゃ可哀想よ
――育ててやってるだけでも感謝してもらいたい。山奥で泥だらけになっていたのを連れて来てやったのに、その恩も知らないで
――バカなこと言わないで。ハンギョルに罪はないわ。悪いのは大人達じゃない
両親が争っている声だ。その会話を偶然耳にして、自分にだけ1歳の誕生日の写真がない理由を知った。チェ・ハンギョルは養子だった。山奥の孤児院から連れて来られたのだ。

「もう少し強く押さえて。13・5キロぐらいの力を加えるとちょうどいいんだ」

「どこでそんなことを習ったんですか？」

「アメリカにいる友達がバリスタなんだ。ヤツのおかげでコーヒーの味を知った」

午後になって店にやってきたハンギョルは、従業員を集めて説明し始めた。外ではしとしとと雨が降っている。

「ところでひとり足りないな。大食い野郎はいないのか？」

「チラシを配りに出たっきりまだ戻ってません。おい、ソンギ。一緒じゃなかったのか？」

「配り終わってから、用があるって…」

「放っておけ。どうせどこかでなにか食ってるんだろう」

ハンギョルは厨房に入り、コーヒーを淹れた。濃厚なコーヒーの香りが店内に広がり、静かな雨の音とコーヒーの香りの調和が、穏やかな雰囲気をかもし出す。

「カップはどうする？」

「いつも温めておく」

「OK」

ハンギョルはカップにコーヒーと砂糖を入れ、その上に泡立てた生クリームを乗せた。

「さあ、ウィンナーコーヒーだ。混ぜちゃダメだぞ。混ぜるのはウィーンに対する冒涜《ぼうとく》だ。そのまま泡を消さないように飲め」

生まれて初めてウィンナーコーヒーを飲んだイケメン3銃士は、一様に感動の声を上げた。ホン社長は気に入らないようだが、ハンギョルはこれをメニューに加えるつもりだ。ハンギョルが淹れる新しいコーヒーが、ホン社長を刺激しているのは確かだ。帰宅後も研究しているのか、ホン社長が淹れるコーヒーの味はどんどんよくなっている。

店を閉めて従業員を帰すと、すでに夕飯の時間になっていた。家では飯を食いたくない。友達を誘ってクラブで騒ぐ気分でもない。ホテルへ行くしかないようだ。食事をしたら本でも読もう。

ハンギョルは手を伸ばしてカーオーディオのボリュームを上げた。Ｒａｉｎ《ビ》の〝太陽を避ける方法〟を口ずさみ、指でハンドルを叩きながらリズムを取った。窓を叩く雨の音と曲のビートがマッチしていた。早くホテルで熱いバスタブにつかりたいと思った瞬間、突然、黒い物体が車の前に飛び出してきた。驚いたハンギョルは慌ててブレーキを踏んだ。心臓が飛び出しそうだ。大きく息を吐いて前を見たがなにも見えない。

まさか、人をひいたわけじゃないよな？　ぶつけた感覚はなかったが…。

ハンギョルが震えながら車を降りると、人がうずくまっていた。雨の中、なにかを拾っているようだ。

「あ、すみません」

そう言った顔がヘッドライトに照らされた。

「大丈夫で…」

その顔を見た瞬間、安堵とともに怒りが込み上げてきた。

「あっ社長、今から帰るんですか？」

「お前、死にたいのか？　車の前に飛び出すなんて、なに考えてんだ！」

腹が立ったハンギョルは、ウンチャンの髪を引っぱった。

「こっちへ来い。許さねえ」

ハンギョルはウンチャンにヘッドロックをかけ、げんこつでグリグリと頭をしごいた。

「車と力比べでもするつもりか？」

「いてて…、社長、痛いですよ」

逃げ出そうとするウンチャンを強く押さえつけた時、服が濡れていることに気づいた。手を離したハンギョルは、冷え切ってぶるぶる震えているウンチャンを見て驚いた。頭も着ているものもびしょ濡れだ。

「傘もささないでなにを…」

ハンギョルは、ウンチャンの手に握られているものを見て言葉を失った。

「まだチラシを配っていたのか？」

「いいえ、とっくに配り終わってます」

「だったらそれは？」

「せっかく配ったのに道端に捨てられてたから…。店のイメージが悪くなりそうだから拾ってたんです。これを作るのにあんなに苦労したんですよ。それに一番いい紙を使ったのに、もったいないじゃないですか。乾かしてまた配ります」

「それで、雨の中を拾って歩いてたのか？」

ハンギョルは雨に打たれて立っているウンチャンをしげしげと見つめた。濡れた髪や顔を見ていると、妙な気分になった。胸の中で大きな風船が膨らむような、抱きしめてやりたいような、自分の中で感じたことのないような感情がふつふつと湧きあがってきたのだ。

「バカだな」

奇妙な感情を隠そうと、ハンギョルはウンチャンをおおげさになじった。

「乾いたからって配れるわけないだろ。そんなシワくちゃのチラシをもらって誰が喜ぶもんか。少しは考えろよ」

「少しぐらいシワがあっても…」

「乗れ」

「え？　どうして？」

「いいから早く乗れ」

「早く帰って夕飯を食べなきゃいけないんだけど」

「飯を食わせてやるから乗れ」

ハンギョルはトランクからスポーツバッグを取り出した。昨日、スポーツクラブに行った時のものだ。

「シートが濡れるからこれで拭け」

顔と頭を拭いていたウンチャンは鼻をひくひくさせながら言った。

「タオルから香水のにおいがしますね」

「俺が使ったから」

「ゲッ！」

タオルを奪い取ったハンギョルは、顔をしかめているウンチャンの頭をごしごしと擦った。

「やめてください。自分でやりますから」

「じっとしてろ。風邪でもひいて店を休むなんて言ったら、即刻クビだからな」

「このぐらいで風邪なんか…」

「ちゃんと拭けよ」

ウンチャンに向かってタオルを投げたハンギョルは、エンジンをかけてホテルへと車を走らせた。

ハンドルを握る手にビリビリと電気が走った。こいつの髪には電気が通っているのか…。

10 杯目

二日酔いには
レモンコーヒーを

Hot coffee

「髪も細いし、ヒゲもない。それに、首を上げてみろ」

ウンチャンは驚いて社長を見上げた。制止する間もなく、アゴをつかまれていた。

「喉ぼとけも出てない」

「の…、喉ぼとけって…」

「お前、本当に男なのか？」

ウンチャンはかすかに口を開けて、凍りついたままハンギョルを見ていた。

「また、俺に殴りかかろうってか？　それも悪くないが、その前にメシだ」

階段を上がる間、ウンチャンは息もできなかった。前を歩く彼を見ているだけで胸がドキドキする。このままでは心臓病で死んでしまいそうだ。やっぱりウソはよくない。正直に白状しよう。

「もたもたしてないで、さっさと来い」

S11号室のドアを開けながら彼が叫んだ。

それにしても、時給5000ウォンは捨てがたい。

部屋に足を踏み入れた瞬間、快適な空気がウンチャンを迎えた。S11号室はいつでも彼の帰宅を待っているようだった。

もしかして、ここは彼の家なのだろうか…。

「シャワー浴びろよ」

「え？」

「濡れネズミのままで食事するつもりか？」

「平気です。すぐに乾きますから」

ハンギョルは引き出しを探りながら呟いた。

「小さいからサイズの合う服がないな。これでも着てろ」

「結構です。社長の服なんか…」

「いいから着替えてこい」

黒いTシャツにカーキ色のカーゴパンツ、それに袋に入ったままの新品のパンツが飛んできた。絶対に男性用のパンツなどはきたくなかったが、今はそんなことより、一刻も早くトイレに行きたかった。雨に打たれて体が冷えたせいか、膀胱《ぼうこう》が破裂しそうだ。

仕方なく洋服を受け取ったウンチャンは、急いで浴室に入ると、しっかりと鍵を閉めて用を足した。便器に座ったままあたりを見回すと、浴室も驚くほど豪華だ。ウンチャンの自宅の浴室は冷えとしていて、お湯が出ないことも珍しくない。その上、床はタイルなので冬は冷たくてたまらない。その浴室には慣れているし、不満を抱いたことはなかったが、こんなに暖かくて快適な浴室で風呂に入らないのはもったいない。もう一度、鍵がかかっていることを確認したウンチャンは、勇気を出してシャワーを浴び始めた。

「シャンプーはどれだ？」

浴槽のそばにある棚の上には、いくつものボトルが置いてあった。どれも英語で書いてあって、用途すら分からない。なんとかシャンプーらしきものを見つけると、直接頭にかけた。高貴な香りが頭に広がる。

「ああ、気持ちよかった」

髪を洗い、シャワーを浴びて浴槽で体を温めたウンチャンは、自分の体よりも大きなバスタオルで体を巻き、小さいほうのタオルで髪を拭いた。タオルもふかふかでとてもいい香りがする。体を拭いて自分の服を着ようとしたが、びしょ濡れで着られる状態ではない。下着が濡れてなかったことが幸いだ。男性用のパンツははかなくてすむ。ウンチャンが浴室から出た時、部屋のチャイムが鳴った。ウンチャンはシャツの袖とズボンの裾を捲し上げて玄関に向かった。長さは合わないのに、ウェストサイズはピッタリなのがしゃくに障る。男のクセにウェストが28インチだと？

「着替えたか？」

これは！　ステーキのにおいだ。

「このズボン、高校時代に着てたものでしょ？」

「高校を卒業して何年経ったと思ってんだ？　残してあるわけないだろ！」

「じゃあ、小さくて着られない？」

「欲しかったら素直に欲しいと言えよ。男のくせにズボン1枚もらうのを遠回しに言いやがって。お前が着たものなんか着られるか。そのまま着て帰れ」

「どこへ行くんですか？」

「手を洗いに」

「先に食べていい？」

「ダメだと言ったらガマンできるか？」

「そりゃあ…」

「苛めるつもりはないから、先に食え」

ウンチャンは大喜びでフォークとナイフを手に取った。真っ白いテーブルの上に、高そうな料理がたくさん並べられていた。一瞬、どれから食べようかと迷ったが、そんな迷いもすぐに消えた。どうせ全部食べるんだから、順番なんか関係ない。

「最高！　子牛のステーキかな？　超やわらかい！」

にんにく風味のパスタをフォークに巻きつけている時、彼が戻ってきた。そして、グラスにワインを注ぎながら舌を打った。

「ステーキを食ったことないのか？」

なにを言われようと関係ない。ウンチャンは幸せそうな笑みを浮かべながら、美味しそうに食べ続けていた。ハンギョルが注いでくれるワインをごくごく呑みながら。

「今度酔っ払って歯向かったら許さねえぞ」

ウンチャンは口いっぱいに肉を頬張ったまま首を振った。こんなに美味しいものを食べさせてくれる人に歯向かうわけがない。

「この料理、どうしたんですか？　ホテルがタダで出してくれたとか？」

「タダなわけがないだろ。当然、代金は払ってるさ」

ものすごく高いはずだ。味わって食べなきゃ。

「ホテルの中にあるイタリアンレストランからのルームサービスさ」

ウンチャンは新鮮なサラダを食べながら黙って話を聞いていた。

「シェフがイタリア人なんだけど、ここの支配人が彼の料理にほれ込んで連れてきたってわけさ。フレンチイタリアンなんだけど、なかなかイケるだろ？　高級過ぎてお前の口には合わないか？」

確かに食べたことのないような料理ばかりだ。

パンにステーキソースをつけて口に放り込み、甘く煮たりんごの上にムースを乗せてワインで流し込む。ああ、なんて幸せなんだろう。

ところが、いつもと様子が違うようだ。普段なら食べたらモリモリと力が湧きあがるのに、今日は体が重くなる一方だ。でも気分が悪いわけではない。ふわふわと舞い上がりそうな不思議な気分だ。

ウンチャンは空になったグラスを差し出した。ナイフを置いたハンギョルがワインを注いだ。

「なんだよ、その姿勢は。まっすぐに座って食え」

ウンチャンは椅子の上に片方のヒザを立てて、あぐらをかいている。

「もう食べ終わったもん」

「なんて顔してんだ？」

「僕の顔がなにか？」

「祭祀《さいし》に供えるブタの頭みたいだ」

「憎らしいことを言う人だな。社長みたいな人がどうしてモテるのかさっぱり分からないや。多分、皆お金目当てなんだ。ところで、社長はどうして結婚したくないの？　見合い相手の女性達、皆魅力的だったのに。あ、もしかして、本当はどこかに恋人を隠してるとか？」

「ふざけんな！　恋人はモノか？　どこに隠すってんだ」

ウンチャンは甘いワインの味に魅了され、注がれるままにどんどん呑み干した。呑んでいるうちに目の前がぼんやりし始めた。これ以上体がダルくなる前に家に帰らなきゃ。

「あの時の女性もなかなかだったよ。ちょっとうるさかったけど」

「どの女だか知らないけど、女ってのは皆うるさくてかなわない」

「分かったぞ。社長は女嫌いなんだね？」

「バカ言うな。女は好きだぞ。30秒に一度ずつ女を抱くことを考えてるのに、女嫌いだったらどう処理するんだよ」

その言葉に、ウンチャンは思わずワインをプーッと噴き出した。むせているうちに鼻からもワインが噴き出してくる。そんな話題になるとは思わなかったウンチャンは、思わず顔を赤らめた。それだけではない。彼とキスした時の感触がよみがえり、胸が爆発しそうだった。無意識のうちに視線は彼のくちびるに向かってしまう。その時、ハンギョルがナプキンを投げてくれながら言った。

「まあ、男には他にも処理する方法はあるけどな」

一難去ってまた一難。

「なんだ？　怖いのか？」

「怖いなんて…そんなわけないよ」

そう言いながらのウンチャンの表情は恐怖に怯えていた。

「よく言うぜ。超ビビッた顔してるぜ。心配するな。俺だってあの後、うがい薬で5回も口を消毒したんだ。あの日のことは、これ以上思い出したくもない」

「僕はなにも言ってないじゃないか。自分ひとりで喋っていたくせに」

「よく考えたらバカバカしいよな。俺が男とキスをするなんてさ」

「こっちのセリフだよ」

「ゲイの友達がいるんだけどさ、そいつの頭の中は常にセックスのことでいっぱいだったんだ。若いからお前もそうだろ？　ミニスカートを見るたびに興奮するんじゃないのか？　人生の先輩として言っておくが、若い時ほど身の振り方に気をつけろよ。下半身がだらしないと人生終わっちまうぜ。そういう面ではヤツは気楽だよな。妊娠の心配がないから責任を取る必要もない」

その時、彼は目を細めてウンチャンを刺すように見つめていた。ウンチャンは息が止まりそうになった。ホテルの部屋にふたりっきりだということを思い出し、またまた心臓がバクバクし出した。男のような格好をしていても、内面は普通の女の子なのだ。ハンサムでカッコいい男とふたりでいたら、ときめくのが当然だ。しかも、こんな話をしていたらなおさらだ。緊張と激しい動悸のせいで思わず声が震えた。

「ど…どうしてそんな目で見るんですか」

「もしかしてお前…、その年でコンドームを使ったことないのか？」

「こ…子供が嫌いなんですか？」

自分の動悸の早さに危険を感じたウンチャンは、慌てて話題を変えた。

「だから結婚しないとか？」

「結婚というのは、他人を一生面倒みるってことだぞ。お前にはできるか？　赤の他人をいたわりながら幸せへと導いてやれるのか？」

突然、彼の表情が真剣味を帯び、ウンチャンは答えに窮した。

「そんなふうに言われるとなんとも言えないけど…」

「自分の身ひとつさえ持て余すのが人生なんだ。それはいくら年を取っても変わらない。汚れた世間に疲れ、年老いて動けなくなった時のために、結婚して子供を産めというのか？　子供に支えてもらうために？　そんなのまっぴらだぜ」

彼はシニカルな表情でワインを一気に呑み干した。大型スクリーンで映画を見ているように、彼の姿がアップで迫ってきた。優雅に喉に吸い込まれていくワインと、グラスを持つ長い指、ワインを呑み込む時にぺこりとへこむ頬、45度の角度で自分を見下ろす瞳。ウンチャンは小さく溜め息をついた。どんなに性格が悪くても、いい男だと認めざるを得ない。そして、いい男に惹かれるのはメスの本能だ。特別な感情があるわけではない。

「よく考えてみろ。自分も失敗を繰り返し、いろんなことを後悔しながら、誰かの保護者になるなんて、そんな資格があると思うか？」

「親だって人間だから、間違いを起こすことぐらいあるさ」

「子供にもか？」

「僕の場合は親に困らされたことより、僕が親を困らせたことのほうが多いよ。小さい頃は親を恨むこともあるけど、成長しながら理解していくんじゃないかな。大人になってみると、大人が完ぺきじゃないってことに気づくからさ」

「恨むぐらいで済めばいいが、ヘタをすると人生を台無しにされるかもしれないんだぞ。それが貧しさのせいであれ、病気のせいであれ、お前の父さんのように事故のせいであれ」

「僕のパパ？」

父のことを言われて、いきなり酔いが覚めた。

「うちのパパが僕の人生を台無しにしたって言うのか！」

「台無しにしたってことじゃなく、そうかもしれないってことだ」

「同じことじゃないか」

「大声を出すなよ。とにかく結婚は人生の墓場だって言ってるんだ」

「マジでひねくれた人間だぜ」

「もうやめろ。呑み過ぎだ」

「事故で死んじゃったのはパパのせいじゃない。パパはね、2階のベランダから落ちた僕を受け止めてくれたことがあるんだよ。分かる？　自分は腕の骨を折りながらも痛みにも気づかず、驚いて泣いてる僕を抱えて病院まで走っていったんだ。あの時、パパが受け止めてくれなかったら、僕は今ここにいないんだ。それが親ってもんさ。子供のためなら、無条件に限りない愛を注いでくれるのが親なんだ」

酔いが回っている上に父親のことまで思い出し、ウンチャンは鼻の奥がツンとするのを感じた。

それなのに彼は、そんなウンチャンをあざ笑うかのように、氷のように冷たい声で言い放った。

「ベランダで遊ぶのは危険だってことを知らない子供も、遊んでることに気づかなかった親もバカなのさ。この世に生まれて来なければ、そんな危険な目に遭うことも、子供を受け止めるために骨を折ることもなかったはずだ。新生児が生まれて来ながら泣くわけを知ってるか？　生まれて来たことを呪っているのさ。〝お前らの都合で勝手に汚れた世界に生みやがって。この世は地獄なんだ。お前達が生きて来て分かっているはずじゃないか〟こう叫んでるのさ。生まれた瞬間の赤ん坊は神に一番近い存在だ。だから、生まれた瞬間に分かるんだ。この世は地獄と変わらないってことを」

「どうしてそこまでひねくれているわけ？　誰かにひどく傷つけられたことでもあるんですか？」

「そんなわけないだろ。俺は今の今までなに不自由なく、誰を羨むこともなく育ってきたんだ」

「だったら今の話はなに？」

その時、ハンギョルの携帯電話が鳴った。発信者を確認すると、彼は電話を持って奥の部屋へと姿を消した。少し開いたドアの隙間から声が聞こえた。

「用があるんだ。ああ、ここのほうが楽でいい」

ウンチャンはワイングラスを手にしたまま、部屋の中をうろうろし始めた。豪華な装飾品に、壁に埋め込まれた水族館のような巨大水槽、反対側の壁に掛けられた春の風景画、大きな花瓶に挿されたきれいなカラーの花…。

「勝手にすればいい。父さんに俺の許可など必要ないだろ」

「ハンギョル」

「おじいさんが僕に遺してくれたものだ。僕が勝手に使っちゃいけないのか？　この口座を凍結させた日にゃ、土地も株も債権も、全部売り飛ばしてやる」

「寝るだけでいいの」

「寝るためだけに家に帰って来いって？　父さんだって俺の顔など見たくないはずだぜ」

「なんてこと言うの？　父さんだってあなたを心配しているのよ」

「心配なんかするもんか」

「これ以上おばあさんを待たせたら、本当に悪い孫になっちゃうわよ」

「まいったな」

「ホテル暮らしは今日で終わりになさい。今日は母さんがうまく言っておくから、明日からは帰って来て寝るのよ。分かったわね？」

「本当に寝るだけだからね」

「さすが私の息子だわ。おりこうさんね」

電話をベッドに投げ捨てたハンギョルは大きな溜め息をついた。家に帰ったら父と兄とのケンカが絶えないはずだし、会社に入れという祖母の視線にも耐えなければならない。それに長官の娘だった高貴な兄嫁のご機嫌までうかがわなきゃならない。あんな家に帰りたいわけがないだろ。

「早く独立しなきゃ」

ハンギョルはそう呟きながらウンチャンの待つダイニングに向かった。

「おい、もう遅いからいい加減に…」

ダイニングはもぬけの殻だった。リビングに戻ったハンギョルはソファーで気持ちよさそうに眠っているウンチャンを発見した。

「こら」

呼んでも返事がない。

「おい、コ・ウンチャン！　起きろ」

体を大きくゆすると、やっと薄く目を開けた。

「今ものすごく眠いんだ。少しだけ眠らせて」

「加減も知らないで呑み過ぎるから…」

「2時間だけ寝るよ」

「ダメだ。帰って寝ろ」

「冷たいこと言わないでさ、2時間だけ寝たら帰るから」

体を丸めて眠るウンチャンを見て、ハンギョルは呆れてそれ以上なにも言えなかった。

「自分勝手なヤツだぜ」

「2時間経ったら起こしてよ。きっとだよ」

「この部屋の宿泊料がいくらだと思ってんだ？　半分はお前が払うハメになるぞ」

「牛乳配達にコーヒーの配達もあるんだ」

「おい…」

「八百屋のおじさんはミルク一つに砂糖二つ、魚屋のおばさんはミルクも砂糖も二つずつ、靴屋はブラックで食堂のおばさんは…」

ハンギョルはぶつぶつ言いながら眠りに落ちるウンチャンを見下ろした。1分も経たないうちに、スースーと寝息を立てている。

「完全に熟睡モードだな」

振り返ったハンギョルはテーブルの上に1枚ずつ広げた、雨を吸って厚ぼったくなったチラシを見つけた。捨てろと言ったのに、乾かしてまた配るつもりのようだ。

「バカなのか純粋なのか…」

毛布をかけてやりながら、ぐっすり眠っているウンチャンの顔を見た。すやすやと眠ってる顔がとっても可愛らしい。もしも弟がいたらこんな気分だろうか。肩までしっかりと毛布をかけていると、なぜだかとても愛おしくさえ感じた。

男のくせにこんなに白い肌をして、ヒゲも生えてない。どう見ても発育不良だな。貧しくてロクに食べていないせいか？　だから落ちた物まで食べるんだな。成人してから成長するヤツもいるらしいからな。それにしてもきれいな肌だ…。

ハンギョルの指が自然と頬に惹きつけられた。指が肌に触れようとした瞬間、ハンギョルはハッとして手を上に上げた。頬ではなく、彼の手はウンチャンの髪に触れていた。あの時もそうだったが…、またハンギョルの手に電気が走った。驚いたハンギョルは指でウンチャンの頭をぐしゃぐしゃとなでまわした。

「この坊主、びくともしやがらない」

――違いますよ！　僕ですってば。僕がＦ４なんです。ハリムとナッキュン、ソンギ、それから僕、コ・ウンチャンがＦ４なんですってば。な…、なにをするんですか？　なぜ服を脱がせるの？　僕はＦ４なんですよ。離してください。離して。こら、離せよ！

自分の寝言に驚いて飛び起きたウンチャンは周りを見回した。

「ここはどこだ？　ヤバイ、牛乳！」

慌てて起き上がったウンチャンは、テーブルの角にひざをぶつけてイスを倒した。

「服は？　それに靴下…」

どたばたしながら自分の服を探したが、なかなか見つからない。やっと見つけたのはハンガーにかかっていたジャンパーだけだ。

「2時間経ったら起こしてって言ったのに！」

「おい」

ウンチャンは驚いて振り向いた。

「あ、おはようございます。起こしちゃいました？」

「お前、大丈夫か？」

トランクスだけでもはいていたことを感謝すべきだろう。ここは彼の領域なのだから。

「大丈夫だけど、少し頭が痛い…」

「あれだけ呑んだんだから、少しぐらい頭痛がするのは当然さ」

トランクス一丁のまま、彼は食堂のほうへ向かった。贅肉のない引き締まった背中や、びっしりと毛の生えた脚に視線がいった。そして、ウエスト…。あんなに細いなんてあり得ない。僕の太ももより細いんじゃないかな?

「お先に失礼します」

「待てよ」

「牛乳配達の時間はとっくに過ぎてるんです。急がないと…」

その時、彼がカップを手にして現れた。

「飲め」

「それは?」

カップを受け取ったウンチャンは、香りと色を見て顔を歪めた。

「これ、コーヒー?」

「レモンコーヒーだ。二日酔いにはそれに限る。飲んだら静かにドアを閉めて出るんだぞ。俺はもう一眠りするからな」

彼はコーヒーを手渡すと、すぐに寝室に戻ってしまった。香りも色もコーヒーに違いないのだが、二日酔いに効くなんて信じられない。しかし、夜中の2時に起きてきて、コーヒーを淹れてくれたという誠意を買って、一口含んでみた。甘ったるい。

静かにS11号室を出たウンチャンはタクシーに乗って牛乳販売店に向かった。かろうじて10分遅れで配達を始められた。配達を終えた頃には汗びっしょりになっていた。しかも、胃は空腹を訴えている。

「お腹がすいたな。家に帰って朝ご飯を食べなきゃ」

古い自転車のペダルをこいでいたウンチャンは、数時間後に出社するコーヒープリンスの横を通り過ぎようとして、ふと店にともった灯りを見つけた。まだ夜明け前なので、店内の灯りが余計に明るく見えた。

もう誰か出勤してるのかな?

店の前に自転車を停め、ガラスのドアを押した。ところがドアには中から鍵がかかっていてびくともしなかった。もしかして泥棒?　まさかね。泥棒が灯りをつけるわけがないし、ドアに鍵をかけるわけもない。いや、最近は肝の据わった泥棒がいるらしいから分からないぞ。

どうしようかと迷ってると、中からハリムの後頭部が見えた。

「あ！」

ウンチャンはゲンコツでドアをどんどん叩きながらハリムの名を呼んだ。振り向いたハリムの手にはインスタントラーメンが握られている。

「マイチャン！　こんな時間にどうしたんだい？」

「お前こそなにやってんだ？」

店に入ったウンチャンの目に、床に敷かれた布団と毛布が入ってきた。

「ここに泊まったのか？」

「まあな。ちょうどよかった。俺、腹が減ったんだ。なんかおごってくれよ」

驚いたウンチャンはわけも分からずにハリムを早朝からやっている食堂に連れて行った。

「おばさん、ソルロンタンを二つね。お肉いっぱい入れてね。それからご飯も大盛りで」

「ウンチャン的な注文だな」

「なに？　なに…的だって？」

「最近、僕達が作り出した造語だよ。〝ウンチャン的〟だとか〝ウンチャンティック〟それに〝ウンチャンっぽい〟に〝ウンチャンする〟。使用範囲は広大だ。大きさや重さの範囲を超過してる場合や周りのものをぶっ壊してしまったり、落ちた物でもなんでも手当たり次第に食べる時」

「ヘンな言葉を作るなよ。僕ってそんなに変わってるか？　僕より社長のほうが数倍変わっているだろ」

その瞬間、ウンチャンは指を鳴らして目を輝かせた。

「そうだ！　〝ハンギョル的〟〝ハンギョルティック〟っていうのはどう？　超性格が悪くって、皮肉っぽくて、少しばかりお金があるからって人をバカにするヤツのことを指すんだ。その上、少しぐらいハンサムだからっていい気になって人を見下すヤツ」

「実際、ハンサムだから仕方ないじゃないか」

「いくらルックスがよくても性格が悪けりゃ台無しさ。お前にはまだ分からないだろうけど…」

ウンチャンが話している最中に湯気を立てたソルロンタンが運ばれてきた。次の瞬間、ウンチャンはスープの中にご飯をひっくり返して混ぜた。まずは熱々のスープを一口飲むと肉を一切れ口に放り込んだ。

「あちっ！」

「兄貴って女みたいな顔してるのに、食べ方はまるで大食い選手権のチャンピオンだな」

返事もせずに汗を流しながら一生懸命に食べていたウンチャンは、まだ半分も食べ終えてないハリムをチラッと見ると、余裕の表情でおかわりのご飯を注文した。

「おばさん、キムチも追加ね」

注文し終えたウンチャンは、なにか大事な話があったような気がして、じっと考えてみた。そうだ！

「忘れてたよ。正直に話しな。どうして店で寝てたんだよ？　家でなにかあったのか？」

「なんでもないよ。キャンプ気分で泊まっただけさ」

「バカ言ってんじゃないよ。真夏じゃあるまいし、なにがキャンプだよ。正直に言わないとただじゃおかないぞ」

「見なかったことにしてくれよ」

「だから、正直に言えよ。同じ釜の飯を食う仲間じゃないか。なにかあったら助け合うべきだろ。違うか？」

「助け合ってどうにかなる問題じゃない」

ウンチャンは追加のご飯にキムチの汁を入れてまた食べ始めた。

「家を出たんだ」

「どうして？」

「気に入らなくて」

「なにが？　壁紙が気に入らないのか？　それともママが作る飯が？」

「いちいち聞かないでくれよ」

「もったいぶらないで話しちまえよ」

「親父がさ、行きたくない学校へ行けって言うんだ。ありふれたストーリーさ。俺は芸大に行きたいんだけど親父は医大へ行けって言う。去年、芸大に合格したんだけど親父が入学金を払ってくれなくてさ。工事現場で働いて稼ごうとしたんだけど、ケガしちゃってすべてがパーさ」

「それで家を出たのか？」

「出たり入ったりさ。今回は2ヶ月ぐらい経っているかな。独り暮らしの友達の家でやっかいになってたんだけど、そいつに彼女ができちゃって居づらくなったんだ。友達より女を選びやがって、冷たいヤツだ」

「でも、お父さんと話し合うべきじゃないのか？　家を出たら苦労するのは自分だぞ。寒いし腹は減るし寂しいし。その年でホームレスにでもなるつもりか？」

「親父とは言葉が通じないんだ。妥協なんかできっこないさ。なにがなんでも医者になれとしか言わないんだから」

「お前はなにになりたいんだ？」

「俺は美術監督になりたい。映画なんか観てるとさ、セットの壁紙とか、小さな小物一つで画面の雰囲気がガラッと変わったりするだろ？　俳優や監督なんかより何倍もカッコいいと思うんだ。目立つ仕事ではないけど映画を支える力みたいなものを感じるんだ」

ただヘラヘラしてるヤツだと思っていたが意外と具体的な答えが返ってきた。ウンチャンはハリムを見直した。

「お父さんはお前がここにいることを知っているのか？」

「それを話しちまったら家出じゃなくなるだろ。生きてるのか死んでるのか分からないように潜伏《せんぷく》して気をもませれば、少しは息子の大事さに気づくだろ」

「なにが潜伏だよ。お前はビン・ラディンか？」

ウンチャンはソルロンタンを食べていたスプーンで、ハリムの頭をコツンと叩いた。

「いってえな！　なんで叩くんだよ、食ってる最中にさ」

「分かったよ。さっさと食べろ」

食事の邪魔をしたことが申し訳なくて、金塊のように大切な肉を一切れ、ハリムのどんぶりに入れてやった。喜んで食べる姿を見て、ウンチャンも胸がいっぱいになった。ヒナにエサをやる親鳥の気持ちってこんな感じかな？

「あぁ、満腹だ！　昨日は腹が減って眠れなかったんだ。兄貴、一緒に銭湯にでも行こうぜ」

「え？　せ…銭湯に？　僕はもうシャワーを浴びたんだ」

「ウソばっかり！　汗だくのままじゃないか」

「お前ひとりで行って来いよ。僕はまだコーヒーを配らなきゃいけないし、家に帰って出勤準備もしなきゃいけないからさ」

「仕方ないな。じゃあ…」

ハリムが手を出した。ウンチャンはソルロンタンの代金を払い、財布をはたいてハリムの銭湯代を出してやった。ハリムが店で寝泊りするとなると、当分はいろいろと気を使ってやらなきゃ。知り合って間もないけど、弟のような気がするからだ。風邪でもひいたら大変だ。

各章扉にて Caffé Fresco のメニューのお写真をお借りしました。この場を借りてお礼申し上げます。

澤地広之（さわち・ひろゆき）
東京・阿佐ヶ谷「Caffé Fresco」のバリスタ。季節やその時の気分にあったアートを提供してくれる。
余裕のある時には、アートのリクエストも可能。

Caffé Fresco
所在地　東京都杉並区阿佐谷南 3-31-1　いずみビル 1F
TEL　03-5397-6267
営業時間　11:00 ～ 20:00（月～金）
10:00 ～ 20:00（土日祝）
定休日　水曜日

コーヒープリンス1号店（上）

2008年5月2日　初版第1刷発行
2008年5月12日　初版第2刷発行
著者＿イ・ソンミ
訳者＿尹京蘭

ブックデザイン＿ヤマシタツトム
カバーイラスト＿松原健治
撮影＿中野幸英
編集＿小宮亜里／山口美生
DTP＿株式会社明昌堂

制作協力＿アミューズソフトエンタテインメント株式会社
株式会社テレビ東京
SPECIAL THANKS＿吉田憲一（アミューズソフトエンタテインメント株式会社）
岡本桃子（アミューズソフトエンタテインメント株式会社）
夏目健太郎（株式会社テレビ東京）

発行者＿木谷仁哉
発行所＿株式会社 ブックマン社　〒101-0065 東京都千代田区西神田3-3-5
TEL 03-3237-7784 / FAX 03-5226-9599
http://www.bookman.co.jp
印刷・製本＿図書印刷株式会社

PRINTED IN JAPAN
乱丁・落丁本はお取替えいたします。

定価はカバーに表示してあります。

ISBN978-4-89308-686-0

Original Title: 커피 프린스 1호점
Author: 이선미

Coffee Prince No.1